「ララも手伝っていいの？」
「俺も巻き添えか……」

TOP SECRET

CONTENTS

Kokou no ansatsusya dakedo, Target no shimai to kurashiteimasu

孤高の暗殺者だけど、標的《ターゲット》の姉妹と暮らしています

有澤 有

GA文庫

カバー・口絵・本文イラスト
むにんしき

プロローグ

prologue

ミナト・セルジュ。十八歳。黒い髪に黒いスーツ。冷徹さと用心深さを見せる紫紺の瞳《ひとみ》。

国家公安局特別警備部、通称〝セクター9〟に所属する。

ミナトが自宅の大家にどんな仕事をしているか聞かれれば、公安局のホームページを見せるか、政府にとって重要な施設の警備をしています、と答えるようにしている。

実際になにを守っているかなんて一般人には口が裂けても言えない。

そもそも、守るという言葉は自分たちには綺麗《きれい》すぎる、とミナトは思う。

どう言い繕ってもミナトと師匠はセクター9の〝暗殺者〟に過ぎないのだ。

師匠とはカインという四十過ぎのおっさんだ。自分の顔を一昔前のアクション俳優で例える自信家で、親のいないミナトに暗殺のいろはを教え、暗殺者として鍛え上げてくれた男だ。

子供になんてことを教えるんだ、と師匠を批判する大人はいるだろうが、ミナトは師匠に感謝している。戦うすべも、生きる方法も、すべて教えてくれた大人だからだ。

ミナトがセクター9に入った十三歳の頃、師匠に感謝を伝えようと思ったことがある。

だが師匠が祝辞のように――、

『お前が俺《おれ》のことを大好きなのは知ってるぜ？　でも俺みたいになれなくても落ち込まなくて良い。神暗殺者には努力を怠らない天才しかなれないんだ。つまり俺みたい奴《やつ》な、ガハハ！』

なんて言うものだから絶対に感謝は伝えないとミナトは心に決めた。


実際、その機会は二度と訪れないらしい。

十六時間前、夕方――。任務を終えてセクター9本部に戻ったミナトは、室長から「カインと連絡が途絶えた」と告げられた。

危険な職務なのだから死ぬのは不思議じゃない。ミナトは平然とした態度を装ったが、殺されても死なないと信じていた男が死んだのだ。

衝撃だった。

室長は、ミナトの本心を見透かしたのか「カインが任務中に行方《ゆくえ》不明になったため死亡扱いだ。死体は見つかっていない」と付け足した。

慰めにもならない言葉だ。それで生きていた暗殺者などいないことをミナトは知っている。

室長は一通の便箋をミナトに渡してきた。

「遺言書のようなものだ。つまりカインからの指名。自分になにかあったら、引き受けていた最重要暗殺任務を一つ、弟子のお前に託すと言っていた」

息を呑《の》んでしまった。

あの傲岸不遜《ごうがんふそん》な師匠が、自分になにかを遺《のこ》していてくれた。ミナトの実力を認めていてくれた。脳裏に師匠との数々の思い出が蘇《よみがえ》る。こんなに早く死ぬのなら、もっと優しくしてやればよかったと思ってしまう。

どこか柔らかな気持ちのなか、感謝を伝えていなかった後悔が心を蝕《むしば》む。

覚悟してミナトは遺言書の封を開けた。

師匠が達成できなかった暗殺任務なら、弟子として心血を注《そそ》いで必ずやり遂げよう。

それが師匠に育てられた暗殺者ミナトとしての矜持《きょうじ》だ。

遺言に書かれていたのは四行の文と、一つの住所だった。


〝愛するアホ弟子へ。

俺が養子にした女の子のララはものすごい異能者だ。

俺たちセクター9に所属する暗殺者の使命はわかっているが、あえて言おう。

俺の娘と仲良く暮らせ！

　　　　　　　　──東フーゲン　五七番ストリート二一一七〇一号──〟

なんだこれ？　とミナトは首を傾《かし》げた。

暗殺対象について書かれたはずの遺言書だが、師匠は養子の話しか書いてない。

いや、とミナトは首を振る。その養子が危険な異能者なら暗殺対象で間違いない。しかし、なぜ暗殺対象と暮らさなければならないのか。ミナトには意味不明だ。

「うん？　カインは暗殺について書いてなかったのか？」

「い、いや、ちゃんと任務の指示が書いてある。師匠のアドバイスも完璧だ」

「危険な相手と聞いている。必ず暗殺してくれ」

「も、もちろん。わかっているさ」

つい誤魔化《ごまか》してしまった。

組織の理念に反する恩師の指示に頭がくらくらするなか、なんとかその場を立ち去る。脳裏には何度も何度も、〝あのクソ師匠が！　あのクソ師匠が！〟とノイズが走っていた。

ミナト・セルジュ

▶年齢　18歳
▶身長　178センチ
▶所属　国家公安局特別警備部

政府秘密機関“セクター9”のエージェント。凄腕暗殺者カインの弟子。研ぎ澄まされた暗殺スキルで異能犯罪者を狩る、新進気鋭の暗殺者。セクター9でも上位の実力者。

自由奔放な師匠の無茶振りにはいつも苦しめられており、頭が痛くなる遺言書を渡されたのが目下の悩み。

好物は炭酸グレープジュース。黒ずくめの服装は本人の趣味。

一章　孤高の刃は矛盾を宿した――episode 1

住所にあった場所は師匠のセーフハウスだろうと察しはついていた。

師匠のセーフハウスをすべて知っているわけではないが、前に東フーゲン市のおしゃれな駅近住宅街にマンションの一室を買ったぜ、と師匠が自慢してきたのをミナトは覚えている。

あとはいつ行くか。と思案していたら、室長からしばらく休んでいいと言われてしまった。

なるべく早くしろというわけだ。

関《かか》わっていた任務の引き継ぎや報告をこなし、自分のセーフハウスに戻ってから、着替えとシャワーを済ませた頃には朝になっていた。

そのまま地下鉄を乗り継いで東フーゲン市に乗り込んだ。

寝ずの行動だが、目は冴《さ》えていた。

任務前のような緊張感が、師匠の死に動揺していた心を平静にしてくれた。

おかげで意味のわからない指示を遺《のこ》した師匠への怒りも、なんとかコントロールできている。


駅から出て、地下鉄で来たのが正解だったと思った。

ゴミ一つ落ちていない歩道、クラクションの鳴らない車道。日照権を考慮しながらモダンな建物と緑が整然と並ぶ姿は、東フーゲン市が治安の守られた街だと教えてくれている。

こんなところに住民のものじゃない自動車で乗り付けたら速攻で目をつけられてしまう。

周辺を観察しながら歩く。十分ほどで遺言書の住所にあったマンションに着いた。

落ち着いたブラウンの外壁をした十階建てだ。暗殺者歴五年目のミナトではとても買えそうもないリッチな雰囲気で、三十年目のクソ師匠との差をまざまざと感じて嫌なものだ。

マンションに入ってすぐ、オートロックのガラスドアに進入を拒まれた。

壁のパネルから管理人に「公安だ」と身分を明かし、中に入れてもらう。

間接照明の演出が仰々しい廊下を渡って、エレベーターホールにつく。エレベーターは一台だけだ。扉には網目の模様が入っている。

ボタンを押すと、扉の上にある表示灯が、エレベーターが上階から降りてくるのを告げた。

ここで一度考える。

師匠は暗殺対象と一緒に暮らせという。

室長は危険な相手は殺してこいという。

できれば恩師と上司の矛盾した指示はうまく両立したい。

それが、デキる暗殺者のスタイルだ。

〝危険な異能者ならセクター9の暗殺者として暗殺すべし〟だが、ララという子が本当に危険かどうかはまだわからない。

なにせセクター9の暗殺者である師匠が暗殺を保留にしていたのだ。

なにか事情がある。そこに賭《か》けてみたい。

まずはララが本当に危険か確かめよう。

ララが使える異能の詳細は、師匠からも室長からも知らされていない。

正確な調査がされていない可能性がある。

だから今日は屋上から盗聴マイクを仕掛けるだけに留《とど》める。

ターゲットに顔がバレていないうちに、異能の調査をしよう。

ちん、とエレベーターが一階に降りてきて扉が開く。方針を決めたらすぐに実行。エレベーターに乗ろうとするが、眼前の光景に足を止める。

エレベーターに人が乗っていて、ミナトを指さしたのだ。

「あ！　ミナトさんだ！」

「……ん？」

人というか小学校に通う前くらいの小さな子供。

ミナトの半分ほどの身長に、少し皺《しわ》の寄った淡い色のワンピース。

小動物を思わせるような愛らしい顔が探しものを見つけたみたいに花開く。ぴょんぴょんと跳ねるものだから、ゆるい三つ編みを二つ垂らした銀髪が、激しく揺れる。

誰《だれ》だ。と口に出すまでもなく、ミナトは一つの答えを導き出していた。

だが認めたくはない。認めたくないから、ミナトは意味のない質問をしてしまう。

「君は？」

「ララはララだよ！」

嘘《うそ》であってくれ、と思いながら聞いてみたら銀髪の女の子――ララが肯定した。

とんでもない偶然である。いきなり作戦がパーになってしまった。

「ミナトさんだよね？」

硬直していたら、またララが聞いてきた。わくわくと手を動かしている。

そもそもなぜミナトの顔を知っている？　情報戦で上をいかれたというのならセクター9としてあってはならない状況だ。――いや原因を考えても意味はない。まずはこの状況を抜け出すほうが先決だった。思考を切り替える。相手は子供だ。苦しくても誤魔化《ごまか》すしかない。

「…………いいや人違いだな」

冷ややかな態度を装って首を横にふると、ララは首を傾《かし》げた。

「え？　ララ、おとーさんから写真見せてもらったからミナトさん知ってるよ？」

なぜ暗殺者の顔写真をターゲットに見せているのか。クソ師匠の理不尽だ。弟子にプライバシーはないのか。情報が漏れた理由がすぐにわかったのだけは不幸中の幸いかもしれない。

このマンションに直接来たのはララと鉢合わせしてもやり過ごせる自信があったからだ。

顔を知られていたならどうしようもない。

ここは撤退して作戦を練り直そう。変装用の特殊メイクも手配しなければ。

ララに注意を払いながら、視線をそらす。白けた空気を出すつもりでやれやれと脱力する。

「悪いが本当に人違いだ。俺《おれ》は用事を思い出したから出直すよ」

「ふぇ?」

きょとんとするララを置き去りにするみたいにエレベーターのドアが閉まった。すぐに回れ右して足早に立ち去ろうとしたら、ドン、と身体に衝撃が走った。

再び開いたドアからララが飛びついてきたのだ。

「なっ⁉」

ララが背後からジャケットの裾《すそ》を引っ張ってくる。

「ウソだもん! ミナトさんでしょ! ララ間違ってないよ!」

「はは、違うって言ってるだろ」

ジャケットを引っ張り返し、大人の態度であしらおうとするが、ララは必死に抵抗する。

「おとーさん言ってた! ミナトさんは最初ウソつくから何度も聞きなさいって言ってた!」

一緒に暮らせというのは本気なのか。クソ師匠によってミナトの逃げ道が塞がれている。

「ミナトさんでしょ! ララ、おとーさん帰ってこないから、ずーっと一人でお留守番してて寂《さび》しい! ミナトさん一緒にいて! ララ、おもてなしするよ!」

師匠が行方《ゆくえ》不明になったのは一ヶ月前の任務からだ。

ララがミナトに一生懸命にしがみつくのは無理もないだろう。ミナトがララと同じ年頃のときに一ヶ月も一人で保護者を待ち、泣きごとを言わない自信はない。

ララの瞳《ひとみ》は不安そうに揺れ、このままだと、帰ろうとするミナトが悪いみたいだった。

こうして騒がれるのは非常にまずい。

エレベーターホールの奥。非常階段の側《そば》にある扉が開き、管理人らしき中年男が、険しく目を細めてミナトとララを眺めていた。

明らかにミナトを疑った目だ。

公安局の騙《かた》りだと疑っているのか。通報されるかも。それはまずい。非常にまずい。

「とりあえず落ち着け。このままだと俺たちはあらぬ誤解をされる！」

「ララを置いてかないで！　見捨てたらやだぁあああああああああ!!」

「だから人聞きの悪いことを言うんじゃない！」

「うぅ……ひっぐぅ……」

ララが一度しゃくりあげた。かすかに震えていて演技とは思えないから質《たち》が悪い。

ミナトはもう流れに身を任せるしかないと観念した。

「わ、わかった、わかったよ。ウソをついて悪かった。一緒にいてやるから離してくれ」

「うん……」

ララはすんすん鼻を鳴らしながら、手はそのままだった。

「うなずいておいて、ジャケットを離すつもりがないのか？」

「ララのおうち来てくれるまで離さない」

「ああ、わかったよ……」

ため息混じりにうなずいてやったら、

「えへへ！　ありがと！」

ララがにっこり笑った。

○

ミナトはララとエレベーターに乗り、導かれるまま七〇一号室までやってきた。

ララが解錠した扉をくぐってすぐ、ここが師匠のセーフハウスなのだと確信した。

大量の荷物が片付いていないのだ。

玄関からして傘立てに釣り竿《ざお》とバットが収まり、壁には額縁に入った絵画たちが重なって立てかけられ、隅《すみ》にはトイレットペーパーの塔とバス停の標識が並び立つ。

ミナトが修行時代に過ごした師匠のセーフハウスもこんな風に混沌《こんとん》としていた。

実家のような安心感だ。

「師匠は相変わらず片付けが下手《へた》みたいだな」

「おとーさん。いっぱいものを持ってる！　すごい！」

廊下を進み、ダイニングにやってきてもカオスな印象は変わらない。ダイニングから仕切りがなくつながるキッチン、反対側のリビング。どこも荷物が溢《あふ》れている。

きりがないので、どこかの部族が使っていただろう槍《やり》と盾《たて》や、ゴルフバッグに偽装されたロケットランチャーやらが並ぶ部屋の状態はスルーした。

ララに誘われるまま招かれたのは、無駄話をするためではない。

ここなら人目にはつかない。

まずはララの能力を見極める必要があるのだが、それより気になることがあった。

リビングでL字に設置された高そうなソファと、大型の壁掛けテレビ――。

ガラクタがどけられたエリアで、リラックスしてポテトチップスを食べている少女がいた。

品の良い白いブレザー。深みのある赤いシャツ。タイツを履いた太ももが覗くスカート。ミナトも知っている有名な学園の制服だ。

意志の強そうなエメラルドの瞳。整った顔立ちに、銀にも見えるプラチナピンクの長い髪。

気を抜いた状態でも、アイドルのように人目を引き付ける少女だった。

「ん……？」

少女がミナトに気づいて顔を向ける。

「誰、きみ？」

先客という想定外の状況に、お前が誰なんだよ、と言いたくなる欲求を抑える。

「公安の人間だ」

警戒して、表向きのプロフィールだけ告げた。

少女の出方を警戒していたら、少女がふうんとうなずいた。

「なるほど。きみがミナトくんね。……へえ、本当に実在したんだ。良かったじゃないララ、やっと会えたんだね」

「うん！　ちょうど来た！」

暗殺者である自分の名前が初対面の相手に知れているのは本日二度目だ。頭が痛くなる。

少女がテーブルの上のフキンで、ピンクのマニキュアに彩《いろど》られた指を拭い、立ち上がる。

小柄ながら均整の取れたプロポーション。ミナトより頭一つ小さいが、実際の身長より背が高く感じた。

「ララ。この人は？」

聞いてみるとララは不思議そうに目をぱちくりさせた。

「ん？　エリカちゃんだよ？」

「なんで知らないのって顔をするな。そもそも一人でお留守番してたんじゃないのか？」

「エリカちゃんも、さっきはじめて来た！　おとーさんの〝ちょーじょ〟なんだよ！」

「長女？　師匠に娘が二人もいただと……？」

本日、三度目の衝撃が走る。

そんな話は聞いてない。ララを訪ねる娘がいるのを先に言っておくべきだとミナトは思う。

師匠の悪いところが出ている。弟子とは言え、人に面倒事を頼んでいるんだから責任感を持て、責任感を――。


「――あの無責任男がッ……！」


「ッ!!」

突如として、少女――エリカが呪詛《じゅそ》のようにつぶやいた。

地獄の底から聞こえてくるような声。ミナトですら異様な迫力に押されそうになるなか、エリカはまくし立てる。

「いっつもニヤニヤ、余裕のある大人ぶった雰囲気を出しているくせにズボラで無頓着！　大事なことなんて一言も報告しない、連絡しない、相談しない！　なのにわたしを巻き込む！　お母様と結婚しなかったくせに、養子がいたなんてどういうことよ！」

エリカがわなわなと拳《こぶし》を握りしめる。言葉の一つ一つに同意したくなるほどミナトも共感してしまうのだが、ララがビックリして背筋を伸ばしてしまった。止めよう。

「お、おおよそ同意見だが落ち着け。怒ったって、あの人には意味がない。遠巻きにしながら生きてた方がいい。精神的にいい」

勢いよくエリカがミナトを見上げてきた。乱れた前髪がエリカの顔を覆《おお》ってしまい、恨めしそうな光の宿った左目だけが見えた。ホラー映画みたいだ。

「ちょっと聞きたいんだけど良い？」

「ああ。答えられる範囲なら……」

「養子がいる、ってあの男から突然連絡があったから来たんだけどさ。ほら見てよ」

長いプラチナピンクの髪をかきあげたエリカが、右手で自分とララの顔を交互に指さした。

「ん？」

「わたしとララって似てない？」

どうやらエリカは師匠と血のつながりがあり、ララもそうなんじゃないかと疑っている。

エリカとララ。どちらも十人中九人は可愛《かわい》いと言うだろう。

だが雰囲気は九十度違う。

エリカの顔は大作アクション映画で主役を張りそうな心の強さを感じさせ、ララは穏やかな風に吹かれるひまわりじみた優しい顔をしている。

とりあえず否定する。

「いや似てはないと思うぞ」

「絶対、似てる！　あの男、わたしに怒られたくなくて養子だって言い張ってるのよ！」

「疑心暗鬼だな。女性に弱い師匠相手ならわからなくもないが……。しかし、あんたとララに血のつながりがあるなら、師匠は銀髪の女性が好きなのか」

特に意識もせずに言ったら、エリカが背筋を伸ばし無表情になり、靴音を立てて向かってきた。目をぐわっと開いて、顔をミナトに近づける。息が届く距離だ。

「……次、父のあっちの趣味をわたしに意識させたらぶっ飛ばすわよ……」

「この我が強い感じ。間違いなく師匠の娘だ……」

「はぁ⁉　ララと似てるって話がなんでよりにもよって父の話にすり替わるのよ！」

「わ、悪い……失言だった……」

素直に非を認める。自分がエリカの立場なら不愉快になっていたのは間違いない。

エリカが嫌な気分を振り払うように、やれやれと息を吐き、ララに向き直った。

ララは話についてこられないから、にこにこしてるだけだった。

「ともかくララはわたしの妹よ。これからはわたしが守るわ」

エリカがララの肩に手を置いて言うと、

「え⁉　ララ、エリカちゃんのいもーとになっていいの⁉」

ララが飛び上がった。いまにもエリカに飛びつきそうな勢いだった。

「もちろん！　姉妹で仲良くやってくわよ！」

「やった！　やった！　ララ、おねーちゃんできた！　これからは幸せになるのよ」

「ふふっ、父があれで大変だっただろうけど、これからは幸せになるのよ」

「ララ、いつも幸せだよ？　だっておとーさんにおとーさんになってもらったんだもん～」

感極まったようにエリカが口を手で押さえる。

「ううっ……あれが父でいいなんて、なんて健気《けなげ》なの。幸せのハードルが低すぎる！」

「にへへ～、よくわかんないけど、ララ褒められた気がする！」

酷《ひど》い言われようだが、ミナトは正直スカッとしていた。師匠の悪口など言ってくれる相手はセクター9にいないからだ。人格的な問題はあったものの、師匠は批判を実績で黙らせるタイプだった。他の暗殺者から畏怖と敬意を持たれ、とても悪口を言う空気ではなかった。

思い起こしていたら、ララがミナトをちらちら見ていることに気付いた。

おかしな態度などとっていないつもりなのだが、ララはおそるおそるといった感じでエリカの手を自分の方に引いた。

「どうしたの？」

エリカが顔をララに近づけると、ララは背伸びしてエリカの耳元で内緒話をし始めた。

「（ごにょごにょ――――）」

「うん、うん、なるほど……」

「どうしよ？」

「頼んでみればいいんじゃない？　人生はとりあえず、やってみてから考えるの」

「……うん」

ララがうなずいてエリカの手を離した。

なにか失敗をしたのかと、ミナトは気が気でなかったが、どうも違うようだ。

不思議なことにララの表情は一変し、頬《ほお》を赤らめ、おずおずとミナトの前に出た。

見上げる青い瞳と、目が合う。一生懸命な顔がそこにはあった。

「あのね、ララね！　おとーさんだけじゃなくて、おねーちゃんができて幸せ！　ララいままで大切な人いなかったから本当に嬉《うれ》しい！」

「良かったじゃないか」

純真な言葉にうなずく。日頃から犯罪者と暗殺者しか接点のない生活を送っているせいか、優しい言葉を聞くのは新鮮な気分だった。

「大切な人増えると幸せ！　だから、ララ、もっと増やしたい！」

「そうすればいい」

肯定すると、ララはうつむき、もじもじと自分の指をこねくり始めた。

「だからミナトさん、……あのね、ミナトさん、ララの……おに、……おにー………おにぃ…………ちゃ………」

「……なにが言いたいんだ？」

ララは口ごもって、要領を得ない。

おに――。まさか鬼？　ミナトはララがいきなりミナトの正体に気づいたのかと直感した。

ボロは出してないはずだから、普通はありえない。だがララは異能者だ。

普通じゃないことが起きるはずなのだ。

表情はそのまま、内心ではひやりとしたものを感じながら、次の言葉を待っていると、

「……………な、なんでもないよ…………」

ララは空気が抜けていく風船みたいにしょんぼりし、とぼとぼソファの陰に隠れてしまった。

「はぁ」とエリカがため息をついた。

なぜ自分が責められているような空気なのか。理不尽さを感じる。

○

エリカがララに近づいて励まし、ララはすっかり元気を取り戻した。

その間、ミナトはなに食わぬ顔でセーフハウスを観察した。さすがの師匠もララが普段生活をしているエリアには、弾薬や爆薬、毒薬のたぐいは置いてないようだった。

目についたのは、キッチンのゴミ箱に冷凍食品の空き容器が山ほど詰まっていたことくらい。

ララが一ヶ月も留守番をした残滓《ざんし》らしい。

ララの置かれた状況がいいものだと思わなかったが、顔には出さない。

エリカとララはソファに座ってスマートフォンで写真を撮ったりして遊び始める。たまにミナトも撮影されそうになり、逃げたら二人に笑われた。暗殺者だから写真はやめてくれとは言えない。表向きなプロフィールは公安局の公務員だ。

姉妹は仲良くやっている。

ただ師匠の娘が暮らしていけるようにするだけなら、すべてをエリカに託して解決。無事にハッピーエンドを迎えられるのだが、そうも行かない。ララは現状ターゲットでもある。

ミナトは残念な気分を押し込んでエリカに声をかける。

「エリカさん、さっき質問に答えた代わりに俺の質問にも答えてくれるか？」

「ん？　SNSのアカウントは仲良くならないと教えないわよ？」

興味ないぞ。とは言わずに続ける。

「エリカさんはただララに会いに来たわけじゃないだろ。その制服と腰のホルスターに収まった杖《つえ》。あんたは〝魔女〟だ」

ララとじゃれていたエリカだったが、魔女というワードを聞いて、スッ、と真顔になって立ち上がる。

「へえ、よく気づいたじゃない」

「人の観察が仕事みたいなものだからな」

「ふうん、公安の人だものね。きみは魔女についてはどこまで知ってるの？」

「人類の〇・一パーセントを占める異能者の人権を守る連中。異能者一人につき一つしかない異能を増やす〝魔術〟という技術を使う」

「まあ異能を増やしているわけじゃないんだけど、ほぼ正解ね。現代の魔女は異能者を保護する誓いを立てているわけ」

「それで異能者であるララに会いに来たのか？」

「一番は妹だからなんだけど、父から手紙でララが異能者だと教えられているから、魔女として保護もするわ」

面倒なことになった。ミナトは内心で舌打ちする。

魔女とセクター9の間には深い溝がある。

なにしろセクター9の前身は魔女狩りだ。

いまでこそ魔女が組織として市民権を得たため表向き対立はしていないが、セクター9とは逆の思想を持つ連中だ。

魔女にとって、異能者は同胞だ。

魔女に情報を流した師匠の意図はわからないが、このままだとララを持っていかれる。

それは見逃せない。

どんな形であろうと、ミナトは師匠と室長からララを任されている。相反した内容だろうと、すべてはミナトの手で決着をつける。それが一流というものだ。

エリカが右手を伸ばし、ぱちん、と指を鳴らす。

松明《たいまつ》のような炎が宙に出現したと思いきや、エリカがよどみない動きで杖を抜いて払うと、炎が炸裂《さくれつ》。花火のように辺りに散った。手慣れていて手品のショーみたいだった。

「ふわ〜！　きれい！　エリカちゃん、すごい、すごい！」

ぱちぱちと拍手するララに、エリカは杖を持ったまま大げさに一礼した。

杖は指揮棒のようなサイズ感で、礼をする姿はまるで指揮者のようだった。

火の粉のほとんどはフローリングの床に落ちたが、焦《こ》げた跡も匂《にお》いも一切《いっさい》ない。おそらくエリカは自身の炎を生み出す異能を制御し、花火のように扱った。

それが魔術だ。

「どうララ。いまみたいなの、自分でもやりたくない？」

「ちょっとやりたいかも！」

「部屋の中じゃ危ないからできないけど、箒《ほうき》に乗って空も飛べるわよ」

「すごい！　ララ空飛びたい！」

ソファにはスクールバッグと箒が立て掛けられている。エリカが持ち込んだものだろう。箒の穂にはピンクの布が掛けられ、手入れが行き届いているのがわかる。

「じゃあ魔女連が運営している学校にわたしと一緒に行かない？　小学校から大学までの一貫校で、異能を魔術に発展させる練習から、一般教科もちゃんと教えてくれるの」

「ララ学校行きたいかも！」

「うん、よしよし。じゃあ決定ね。最初はわからないことだらけかもしれないけど、高二の教室に行けばわたしもいるから、心配しなくていいからね」

「ララ、エリカちゃんに毎日会いに行く！」

新たな学校生活を想像してララがきらきら目を輝かせている。

ミナトにとってはまずい展開だ。

「水を差すようで悪いが、ちょっと待て」

「なによ？」

「ララ。ララはいま何歳か教えてくれ」

ララが指折り数えてから、手のひらを広げて見せてくれた。

「んーと、五歳！」

「まだ小学校に上がる歳《とし》じゃない」

「うっ！」

エリカが銃撃されたように、がくんと揺れた。

受け答えはしっかりしていても、ララはかなり小柄に思えた。もしやと質問したら正解だったようだ。

「それにもう一つ。たしか魔女の学園に通うには条件があったよな？」

「――じ、自分の異能を自覚している……」

「ララ、自分が使える異能について教えてくれ」

ララがぽかんと口を開ける。

「いのー？　ララ、いのーっていうの使えるの？」

思わず笑いそうになってしまった。

「わかってないと思ったんだ。子供が自分の異能を自覚してないケースは多い。自分にできることの、なにが普通か、普通じゃないのか、理解できないからな」

ララの異能を探るというのは、ただララに〝異能を見せろ〟と言って済む話ではない。

例えば、金属を磁石に変える力を持つ子供がいた。その子が自分の力を、喋《しゃべ》ったり立ったりするみたいに、大勢の人間ができると信じていた、というケースがある。

その子に『人と違う特別なことができるのか』と聞いても『できない』と答えたそうだ。

ララも同じだ。ララの異能を探るならともに行動し、ミナトが異変に気づく必要がある。

師匠も、ララを観察するために養子として引き取ったのだろう、とミナトは考えている。

「これじゃあララは魔女の学校には通えないな」

「そーなんだ、ちょっと残念……」

しょぼくれるララに、エリカが慌てた様子でにじり寄る。

「ちょっと待って！　学校に行けなくても、わたしの家に来ない？　うちって代々続く魔女の家で、屋敷も広いし楽しいわよ！　大きな書庫もあるから異能を理解するための勉強もできる！　さすがにこんなところに一人でいるよりもずっといいはずよ！」

「あんたの家は代々魔女なのか？」と水を差す。

「そうよ」

信じられなかった。暗殺者なのに師匠は魔女と子供を作ったのか。常軌を逸《いっ》している。

クソ師匠以上の罵倒を考えるが、ミナトの語彙では浮かばないレベルだった。

ミナトが言葉を失っている間に、ララがおずおずと話しだした。

「エリカちゃんち、行きたいけど……、お留守番しないとダメだから行けない」

「お留守番？」

「うん。ララ、おとーさんが帰ってくるのここで待ってるんだ！」

「「っ……」」

エリカとミナトも同時に息を呑《の》んだ。

流石に察した。エリカも師匠の死を知っているようだ。

ミナトにとって、ララの動揺を誘って異能で暴《あば》れられても困るから教えるメリットはないが、エリカはどうするつもりだろうか。

ともかくララは師匠が死んだとは知らない。

知らないから師匠の帰りを待つという。

ピンポーン――。

重い沈黙を切り裂くように、キッチンのスピーカーからチャイムが鳴った。

「まだ誰か来るの、ララ?」

「宅配便さんだと思う!　おとーさんが冷凍食品を定期購入してくれてるんだ!」

「姉ちゃんがいたんだから、今度は兄ちゃんが来たとかじゃないだろうな」

「ふわっ…………!!」

ララが目を丸くし、ミナトをじっと見ながら固まってしまった。心当たりのある人物がいるのかとミナトも心配になったが、それなら素直なララは言ってくれるだろう。

「なんだよ、ララ」

「……な、なんでもない!」

「空気読め」

なにやらエリカがぼそっとつぶやいた。罵られた気がする。

ララは慌てた様子でキッチンの壁に設置されたモニターを椅子《いす》に上って確認する。来客に受け答えをしながらオートロックを解除して玄関に走り出す。

「一人で大丈夫なのか?」

「うん！　いつもの配達の人だからだいじょーぶ！」

暗殺者としてなるべく人目につきたくはない。ミナトはそのままララを行かせた。

○

リビングでエリカと二人きりになった。

エリカは躊躇《ためら》ったように視線を泳がせていたが、ララを外して話せるタイミングがいましかないと考えているようだ。

「ねえ、きみは父についてどこまで知ってる？」

「どこまでとは？」

「だから、その……わたしに、父の名義で遺言書っていう意味不明なのが届いて……」

エリカが口ごもる。娘なら知りたいのも無理はないだろう。

「師匠は任務中に長期間、連絡がとれなくなった。規定により殉職《じゅんしょく》扱いだ」

「そうなんだ、じゃあまだ生きてるかもしれない……よね……」

「可能性は低い。期待はしないほうがいい」

「ララにも同じ台詞《セリフ》言える？　…………わたし、言えない」

こんな調子でエリカがララに師匠の死を伝えようとしてできなかったらしい。

ミナトに対して警戒心は隠せていないが、エリカは優しい人なのだろうとミナトは思う。

そのうちエリカが、うがー、と頭を抱える。

「あー！　もう！　なんであの男のせいで悩まないといけないのよ。ララを一人ぼっちにはできないし、でも連れていくにはすべてを話して納得させるしかないし。どうしたらいいの！」

「俺は師匠の荷物から危険物を処分しないといけないから、しばらくララとここにいるつもりだ。ララのことは俺に任せてくれていい」

助け舟を出してやったつもりなのに、エリカはなにやら疑いの目で見てきた。

「ミナトくんさ、ララを魔女学校に行かせるの邪魔しようとしてたよね、なんで？」

「なんでって、俺は公安局の所属だ。民間の組織に異能者を丸投げなんてできない」

「たしかきみって父と同じ国家公安局特別警備部ってところにいるのよね、その特別警備部ってなにする仕事なの？　昔、父に聞いてもはぐらかされたし、ネットで調べても施設の警備をしてるとしか出てこない」

「公安の仕事は公共の治安を守る、それだけだ」

「公安に、犯罪を犯した異能者を処刑する闇《やみ》の組織があるって噂《うわさ》あるけど、関係ある？」

「ふっ、いまどき陰謀論か？　ネットの見過ぎだ」

「怪しいわね」

目を据《す》わらせたエリカが首を傾ける。

職務への質問など慣れたものだ。涼しい顔でやり過ごし、相手の疑問を一笑に付し、小さくしていく。どんな言葉が来ても、冷静に対処できるのがミナトだ。

だから次の瞬間に起こったことも、ありのままに受け止めた。

エリカが杖を抜き、ミナトに突きつけたのだ。

「どうした、急に?」

「魔女にはこんな古いことわざがあるの……。〝杖を向けられて逃げ出すものは、貴女《あなた》を陰から蔑んでいたものだ。しかし逃げ出さないものは魔女狩りの戦士だ〟ってね」

「勉強になるな」

「魔女にとって杖は凶器にも等しい。なのにきみは眉《まゆ》一つ動かさないのね」

「公安ならこの態度は普通だ。凶器なんて向けられ慣れているんだ」

エリカは根拠を示したつもりだろうが、ミナトは動じない。ヘマはしていないし、エリカの魔術は炎に関係するものだとわかっている。動揺する必要は何一つない。

「疑う理由はもう一つある。わたしがララくらい小さかった頃に、たしか父が言ったのよ。『異能で悪さをする人をやっつけるのがお父さんの仕事なんだぜ』ってね！　父の弟子ならきみも同じ仕事をしてるんでしょ！」

頭痛い。

なにを娘に話しているんだと師匠を問い詰めたい。説教したい。頭が痛い。うずくまりたい。

ミナトはボロを出してはいない。なのに追い詰められている。

この話題ではエリカに負ける。師匠のせいでエリカの疑念が絶対的に正しいからだ。

なにか手立てがないかとエリカを観察する。

エリカは右手の杖を突き出し、左足を前に出していた。その構えでは前進するにはもたつき、相手から見える身体の面積も増えて、戦いには向かない。

「エリカさんは異能で人を傷つけたことがないな」

「……なんでそう思うの？」

「他人を傷つけられる人なら、そんなに身体を強張《こわば》らせやしない」

「きみが異能者を傷つける人なら、わたしだって覚悟を決める」

エリカが目を細めた。

「勘違いするな。俺は私欲のために他人の人生を奪うものが嫌いなだけだ。異能者だろうが、非能力者だろうが、危険な存在なら公安の人間として相手をする。それでも納得できないと言うのなら――」

ミナトは構えずに佇《たたず》み続けた。相手が犯罪者ではないのなら傷つけるつもりはない。

お互いににらみ合い、張り詰めた空気が辺りに満ちる。

ピンポーン――。

再びチャイムが鳴った。続いて三回のノック音。

宅配便の配達員が玄関前まで来たのだろう。玄関扉を開ける音がした。

『ふわっ！　離して！』

『いいから来い！　金ヅルの異能者めッ！』

遠くからララの悲鳴と粗暴な男の声。

「ッ!!」

「え、なに!?」

構えていたエリカを置いて、ミナトは玄関に走る。

玄関には誰もいなかった。冷凍食品が詰まっているだろうダンボールが落ちていて、扉は閉まっている。やられた。なぜ、とは考えずに、すぐに扉を開けて内廊下を走る。

『やだ！　ララ行きたくないもん！　お留守番するんだもん！』

『へへ、今日からお前のおうちはグリップスのきったねー倉庫だ！』

『エリカちゃん！　ミナトさん！』

『今日に限って人がいるのかよ！　くそっ!!』

声が聞こえた。

窓のない内廊下。突き当たりのエレベーターの中に、赤いポロシャツの配達員らしき男と、男の左脇《わき》に抱えられてバタバタ手足を動かしているララが見えた。

怯《おび》えきったララの目がこちらを捉《とら》えた。

「うわあああああん、ミナトさん！　おじさんが放してくれないよぉ！」

「ララ！」

「ど、どういうこと、誘拐⁉　ララを放しなさいッ！」

背後で、追いついてきたエリカの声が裏返る。

「くそっ！　こっち来んな！」

配達員の男がベルトに挟んでシャツで隠していた拳銃を取り出し、撃ってきた。

「頭を下げろ！」

「きゃあ！」

ミナトはエリカの腕を引っ張り、床に伏せさせる。

エレベーターからミナトたちまで大きく三十歩ほど。暴れるララを脇に抱えたまま片手で狙《ねら》って撃っても当たるような距離ではないが、もしもがある。

むやみに放たれる弾丸をやり過ごしているうちに、配達員の銃が弾切れになった。

ミナトは膝《ひざ》立ちになって腰から拳銃を抜いて構えるが、男だけを狙える距離ではない。

師匠の指示を達成する前にララを失うわけにはいかない。

拳銃の照準越しに、エレベーターの扉が無情にも閉まるのが見えた。

「チッ！」

ミナトは立ち上がる。

エレベーター横のドアから階段室に入り、非常階段を駆け下りていく。

内廊下や階段に窓がないのが災いした。五階くらいの高さなら、飛び降りても、セクター9から支給されたガジェットを使えばなんとでもなるのに、いまはそれができない。

案の定、一階のエントランスホールを抜けて道路に出ると、白いバンが急加速して走り出したあとだった。

地下鉄で来るんじゃなかったとミナトは後悔していた。追いかける足がない。

そこに血相を変えたエリカがやってくる。

「ララは⁉」

「連れ去られた」

「こ、これ誘拐よね⁉　どうしよう！　どうしよう！」

ミナトはスマートフォンを取り出して認証を解除。操作を始める。

「警察に通報ね！」

「違う。近くの監視カメラにアクセスして男の素性と行き先を追っている。公安の監視ＡＩにマークさせる」

「じゃ、じゃあわたしが通報する！」

手の震えたエリカが、ピンク色のスマートフォンから電話している間に、チャット画面には返信があった。配達員の男のマグショットとプロフィールが表示された。

「配達員の男は傷害の前科がある男だ。刑務所でマフィアと知り合って子供の誘拐をする副業にありついたんだろう。白いバンはイーストブリッジの方に向かったらしい」

「すごっ！　こんな短時間でそこまでわかるのね！」

「誘拐事件は時間が勝負だ。情報が一分遅れるだけで、子供を一生取り戻せなくなる」

「じゃあすぐにララを追いかけなきゃね！」

「いや、すぐには無理だ」

「なんでっ?!」

「誘拐された子供を救出するには人手がいる。警察の協力を待つしかない……」

言っていてミナトも歯がゆい思いだった。

師匠にも室長にもララを任されたのだ。チンピラに自分のターゲットを奪われるなど、あってはならない。

いますぐにでも追いかけたいが、ララを救出しても、ララを抱えながらの戦いになるかもしれない。リスクが高すぎる。

「わ、わたしがいるじゃない！」

声を震わせたエリカが自分の胸に手を当てる。ララを背負わせて運ぶくらいはできるかもと考えるが、明らかに戦闘訓練を受けていない女子高生だ。あてにはしたくない。

「追いかける手段もないから無理だ」

「そんなのどっかでタクシーを拾えばいいだけでしょ！　ララが怖い思いをしているのにじっとなんてしてられない！　わたしは行くわ！」

エリカがミナトから離れ、地下鉄駅の方角へ進み出し、段々と歩を早めていく。

エリカのか細い背中を見ていて、ふと不思議に思った。

走る？　なんで魔女が走る――？

「ちょっと待てエリカさん！　あんた魔女の箒を持って来てたんじゃなかったか⁉」

エリカが振り返って目を丸くした。

「き、き、気が動転してて忘れてたわ……‼」


魔女の魔術は門外不出。ミナトも詳しくは知らないが、エリカは炎の異能から熱を取り出して空を飛べるらしい。飛行の魔術というわけだ。

エリカがマンションの前で箒にまたがった。

「ミナトくんも来るわよね⁉」

エリカがまたがったのは箒の中央部分で、柄の後ろには一人分の余剰があった。相乗りさせてくれるらしい。

「止めても行くつもりならついていくさ。これでも公安だ。市民を守る義務はある」

「そ、そう」

ミナトはバイクの二人乗りのように、エリカの後ろにまたがった。

「落ち着いてくれエリカさん。動揺するといつも簡単にできることができなくなる」

「人生で初めて妹ができて、初めて銃で撃たれて、初めて妹が攫《さら》われて、初めて警察に通報したけど、がんばって落ち着いてみるわ！」

「ああ、がんばれ」

エリカは、意識を集中しだした。

エリカを中心に外へ向かって風が起こり始めた。離陸する前のヘリコプターみたいだ。箒に乗った魔女の平均的な飛行速度は、スクーターと同じらしいと聞いている。追いかけるにはいささか頼りないが、距離を詰められるだけマシだと思うしかない。

エリカが地面を蹴《け》ると、ふわりと浮遊感が起こり、地面から身体が離れていく。すぐに道路標識よりも高い位置まで上昇した。

「ミナトくん、危ないから摑《つか》まっていてよ！」

「心配するな、柄は摑んだ」

「ララを助けるために、やるわよ、エリカ！」

エリカが自分を鼓舞するように言うと同時に、轟音《ごうおん》が響きだした。

エンジンを吹かすような音だ。それも車ではなく、飛行機のだ。ミナトは一瞬、上空を戦闘機でも通ったのかと思ったが、音のする方角は真後ろ。箒の穂先だ。

鳴り響く轟音がやがてピークを迎え、安定した高音がまじりだすと、エリカとミナトが空へ向かって加速した。

みるみるうちに住宅街の光景が視界の後ろへ流れていく。

〝速ッ――――〟

一瞬にして身体に襲いかかる驚異的なGに振り落とされそうになって、ミナトは慌ててエリカの腰に抱き着いた。想像よりも遥かに速い。ヘリコプターは超えているかもしれない。

「ちょ!? どこ触ってんの!? 柄を摑んだから大丈夫って言ってたじゃない!」

「無茶言うな！ こんな速いなんて聞いてない！」

抗議したが、喋っていたら舌を嚙《か》みそうだった。

○

エリカとミナトが乗った箒が、空を猛然と飛んでいく。眼下には人通りの多い、昼休み時の道路が見える。信号も建物も無視できる箒の有用性をひしひしと感じた。

とはいえ、箒の穂先を囲うように炎色をした輪が回転してるため、目立つのが玉に瑕《きず》だ。飛行機雲のように赤い光が尾を引いている。通行人に見つかり写真を撮られているが、顔まで写せる距離ではないのでいまは置いておく。

住宅街を抜け、繁華街の側《そば》を通り、川にかかる大きな橋を一息で飛び越える。

川の向こう岸に倉庫群が見えた。

企業に倉庫を貸している流通センターだ。

かなり寂れていて廃倉庫一歩手前くらいの印象だった。ハイウェイから離れた位置にあるため、三十年前のハイウェイ敷設の際に、業者には不便な立地になり客が離れたのだろう。

川を渡りきったところで降りるように指示して、流通センターの手前の空き地で着地した。

「こんなところにララが連れてこられたの？」

「ここの十四番倉庫にララを攫った白いバンが入っていくのを、うちの諜報システムが捕捉している」

ミナトは自分のスマートフォンを確認する。

いくつかの白いバンの画像が画面に表示される。ミナトが誘拐犯に逃げられる寸前に記憶したナンバープレートと一致したバンだ。確定だろう。

「いま助けるからね、ララ」

画像の中には、運転している誘拐犯と、助手席で窓を叩いて助けを呼ぶララの姿を斜め上から写したものもあった。ララを見てミナトは目を細める。

「行こう」

スマートフォンをしまい正面ゲートに向かって歩き出した。

流通センターの正門ゲートは有人になっていた。赤と白のゲートバーに道は遮《さえぎ》られ、側《そば》には守衛室がある。倉庫の寂れ具合を見れば無人化する資金がないのはわかる。

辺りには物音がまるでせず、作業をしている人間も少ないようだ。

「どうするの？　通るには警備の人にＩＤカードを見せなきゃならないんじゃないの」

「俺を誰だと思っている。少しウソをつくから合わせてくれ」

「ああ、公安なら余裕ね！　手帳見せるだけでいいんだもの！」

ミナトは守衛室に近づいていく。

少し高い位置にある守衛室の窓口をノックすると、線の細い中年男の守衛が気づき、窓を開ける。警備服の上にジャンパーを着ていた。

「……どうしました？」

上から値踏みする視線を受けつつ、ミナトは手帳を見せ、軽く営業スマイルを浮かべる。

「こんにちは、自分は公安局のものです。協力を願います」

「こ、公安？　なにか問題でも……」

男は驚いた顔になる。ミナトは背後にいたエリカを紹介するように左手を向けた。

「実は、彼女と接触事故を起こして逃げたバンを探しています。運送会社の白いバンのようで、何故《なぜ》かとても急いでいたそうです。心当たりのある車が来ませんでしたか？」

「し、白いバンなんて何台も通るからなんとも……」

「では印象に残ったバンはありませんでしたか？　些細《ささい》なことでもいいんです。普段と違う様子だったとか。変わったものを運んでいたとか」

「……いえ特には、ないです」

守衛が首を横に振った瞬間、ミナトは拳銃でその眉間を撃った。

サプレッサーでも消しきれない小さな銃声が守衛室に響く。

そのまま窓口の中に腕を突っ込み、守衛の腹に二発追撃。

エリカが背後で目を丸くしていた。

「な、な、なんで撃ったの⁉」

「こいつは誘拐犯とグルだ。連絡される危険があった」

「んん？」

「この守衛室の高さなら白いバンが通るときに助手席が見える。助手席に乗せられたララは助けを呼んでいるようだった。印象に残らないなんてありえない」

言いながらゲートバーをくぐり、守衛室の扉を蹴り開けて中に入る。中には倒れた守衛と、椅子、パソコン、いくつかの無線機があるくらいだ。

「い、意味はわかるけど、だからって、もし間違えて人を殺しちゃったら……」

「よく見ろ」

倒れた守衛を顎で示す。

「……血が出てない？」

「非致死性の弾丸で撃ったから死んじゃいない」

守衛は膝を抱えるように丸まりながら目を剝《む》いているが、浅く呼吸はしている。

自分を疑うエリカの前で殺しはできない。ミナトは念のために持っていた装備に安堵《あんど》する。

プラスチックの芯《しん》をゴムで固めた弾丸。いわゆるゴム弾で撃った。

とはいえ弾丸の質量と速度の関係で、一発がプロボクサーのパンチ並みの威力がある。当たりどころが悪ければ普通に死ねる。

ミナトも修行中に〝こいつの威力は身をもって知っておくべきだぜ！〟と師匠にゴム弾で撃たれて一日動けなかったことがある。死ぬかと思った。

「いきなり撃つから心臓止まるかと思ったわ」

エリカの感想を聞き流しながら守衛のジャンパーを漁《あさ》る。内ポケットからスマートフォンを取り出す。センサーに守衛の親指を当ててロックを解除。通話記録を見てから、チャット画面をスクロールしていく。

「読んでみてくれ」

「えーと、なになに、〝警察や公安が来たらすぐに知らせろ、報酬はいつも通り仮想通貨で〟……。ああ！　腹立つ！　ほんとにグルじゃない！　撃たれて可哀想《かわいそう》だと思って損した！」

　エリカが読み上げたのは男に宛てたチャット画面だ。相手のユーザー名はランダムな文字と数字の組み合わせでアイコンもない。

　ミナトは守衛のスマートフォンを持ち直し、チャットを打ち始める。

「エリカさんはゲートを出て正門の壁の前に隠れていてくれ」

「どうする気？」

「こうする」

　チャットを送信した画面をエリカに見せる。エリカは最初こそピンと来なかったようだが、ミナトの意図を理解したら、ふうん、と笑った。

「ミナトくんって悪巧みが得意な男の子なのね」

「あんたの妹を助けるのは悪巧みなのか？」

「うーん、抜群に正義ね」

◯

〝子供が誘拐されるのを見たっていう警官が押し入ろうとしたので殴って気絶させた。重くて動かせないし、どうしたらいいかわからない。助けてくれ。頼む〟

守衛のアカウントで、取引相手のアカウントに送信した文章だ。誘拐犯と取引相手のマフィア〝グリップス〟が倉庫で取引をしているなら、無策で飛び込むのはリスクが高い。

〝待ってろ〟とすぐ返信が来たのでエリカに隠れるように手で合図してから、ミナト自身も外に出て、守衛室近くにある植木の陰に潜む。

数分後に、三人の男が倉庫の方から守衛室に向かってやってきた。

つなぎにミリタリージャケットを羽織った連中だ。ジャケットのポケットや背中が膨れていて武器を隠しているのが手にとるようにわかる。

男たちが守衛室に入るとミナトも行動に移る。素早く背後から忍び寄り、ゴム弾と格闘で三人を制圧。一人だけわざと気絶させなかった。銃で脅して尋問をするためだ。セクター9流の交渉術みたいなものだ。

男に色々と吐かせたあと、頸動脈《けいどうみゃく》を絞《し》めて気絶させる。男を含めて倒した三人と守衛を携帯していたワイヤーで拘束した。自力ではもう動けないだろう。

必要な情報を手に入れ守衛室から出るとエリカがやって来た。

「ララを買い取ろうとしているのはグリップスというマフィアだ。十四番倉庫に残り三人いる。ララと誘拐犯もそこだ。ララの異能を確かめようとして、取引に時間がかかっているらしい」

「異能者の子供の誘拐って、やっぱり世間でも噂になってるやつよね」

「グリップスを通じて反政府組織に売るんだろうな。マフィアの事業《ビジネス》の一つだ」

金属探知機のように異能者を判別するすべはないため、攻撃的な異能を持つ子供はテロリストに高く売れる。食料だけで運用するミサイルみたいなものだ。兵器とすれば破格の性能だ。

「最低よね……。ララを傷つけてたら燃やしてやる……」

エリカはスカートに下げたホルスターの杖に手を当てながら言った。異能者を同胞とする魔女としては見過ごせない状況だろう。

「連中にとってララは商品だ。そうそう手荒な真似はされないだろう。……むしろララが異能を使って暴れだすほうが俺は怖い。きっと面倒になる」

師匠が〝ものすごい異能者〟とまで言ったララの異能。暴れでもしたら即危険な異能者扱いになる可能性が高い。

そうなれば、すぐミナトが暗殺しなければならない。師匠の指示を反故にすることになる。

現状はララの異能を知るチャンスかもしれないが、ミナト自身が状況をコントロールできないのはダメだ。ララを取り戻さなければならない。

「ララの異能はきっとそんなんじゃない」

ぽつりと言うエリカに、わずかに心臓が跳ねた。

「ララの異能を知っているのか？」

「知らない。でも父は遺言書に書いてた。ララはこの世界の救世主になれるかもってね」

「救世主？　俺は聞いてないぞ」

ミナトにはピンと来ない言葉だった。少なくともララとは結びつかない。異能に関係があるのだろうとは思ったが、救世の力など、スケールが想像できない。

「魔女として推測をすることはできるんだけど……」

「教えてくれ」

「……知りたかったらララを助けないとね」

「話をはぐらかしたな」

「さあね。けどララと一緒にいればいつかはわかると思う。ねえ、いま想像してみたんだけどララと生活できたら結構面白《おもしろ》そうじゃない？」

「さあな。俺にとってララは師匠が遺した不始末だ。なにも問題がなければ、そのうち、あんたの家でいいから、環境のいい場所に預けて、終わる関係だ」

そう。ララが危険でなければ——、だ。

もしララの異能が社会にとって危険で、制御できないのなら、ミナトはララを暗殺しなければならない。もちろん、そうならない方が良い、とミナトは思っている。

子供が相手なんて、胸糞《むなくそ》が悪いだけの任務だ。

しかしミナトはセクター9の暗殺者だ。

もしものときはララが相手でも容赦はしない。

情に流されず、ララという少女が相手でも、人間を模した銃の標的を撃つように、冷徹に、無感情に、任務を遂行しなければならない。

「まあララのお姉ちゃんになったわたしと、きみじゃあ、価値観が違うのかもね……」

エリカは不満そうにミナトを見上げていた。後ろめたい思考をしていたから居心地が悪い。

「姉になったのはついさっきだろ」

「それでもわたしはララが大事なの。ミナトくんもララともっと話せば、すぐにわかるわ」

「そんなに深く関わるつもりはない。……そろそろ倉庫に行こう」

○

十四の数字が書かれた倉庫の前までたどり着く。

人には出くわさず、不気味なほどの静けさを感じた。

倉庫の正面には緑に塗られたスライド式のドアがあり、わずかに開いている。さきほど打ちのめした男たちが出て行くのに開けたのだろう。

背中からドアに張り付いて中を覗《のぞ》く。

声が聞こえた。若い男の声だ。

『おいガキ。そろそろ俺に異能を見せろ。なにも取って食おうって話じゃねえ。こっちを満足させられる力を使えるなら、グリップスに幹部待遇で迎え入れたっていいんだぜ?』

声の主《あるじ》は倉庫の中央に立っていた。

長身痩躯《そうく》にどこか古めかしいライダースジャケット。長い金髪。美貌といってもいい顔にはミナトもピンと来るものがあった。

金髪の男の前には、逆さにした金属のバケツが置かれ、そこにララが座らされていた。

ララはうつむき、怯《おび》えたように肩を震わせている。

「ララ!」

「よせ、いまはまずい」

ミナトの足元にしゃがんで中を覗いていたエリカが、いまにも飛び出しそうだったので肩を摑んで制止した。

中をよく観察する。ララを挟むように黒いワゴン車と見覚えのある白いバンが停車し、金髪の男の周りにはツナギの男が三人。さらにそれを遠巻きにして配達員の男がいた。

ツナギの男たちが隠さずに拳銃を持っているが、それは問題ない。

むしろ丸腰でいる金髪の男にミナトは心の中で舌打ちした。

「ララを脅している金髪の男はアスファルトという危険な異能者だ。グリップスの幹部で、フル装備の警官を三十人血祭りにあげて、公安でもマークしていた」

「そんなに強いの？」

「俺が飛び込んだとしてもララを助けられるか五分五分だ。チャンスを待とう」

エリカは眉をひそめながら、うなずいた。能力の情報もなく異能者と戦うリスクは避けたい。ミナトが負ければララもエリカも助からない。

倉庫の中では、うつむいていたララがアスファルをちらちらと見る。

『ララ、いのーっていうの使えないもん』

『嘘こくんじゃねえ。こっちはてめぇがあらゆる勢力が奪い合った例の異能者だってのは知ってるんだよ。覚えてんだろ？　陸軍も、海兵隊も、スパイも、マフィアも、テロリストも、警察も、てめえをトロフィーに争奪戦を演じた』

『ララ、そんなの知らないもん』

アスファルが舌打ちをする。『いろいろと自覚がねえのか』とぶつぶつ言いながら、腰を下げてララを睨《にら》みつける。

『てめぇにはいろんなあだ名がある。特に俺が好きなのは災厄の卵っていうやつだ。特別なコードのある異能者なんてカッコいいじゃねぇか。見せろよ、災厄の異能ってやつをよぉ？』

『ぷん………』

ララがアスファルから顔をそむける。

知らない話ばかりだ。

グリップスの目的はララを反政府組織に売るわけではなく、強力な異能者として戦力にしたいのか？　争奪戦とやらで師匠がララを手に入れたのか？　少なくともララの存在はミナトが思っている以上に、大きなものらしい。

配達員の男が『あのぉ』と手を挙げる。

『自分、そろそろ金をもらって帰りたいんですが、いいですか？』

『ああ？　こいつの能力次第じゃ、ボーナスをはずんでやるって言ってるだろ』

『でも警官来てるんすよね。危ない橋はこれ以上渡りたくないっていうか……』

『警官が来たのはてめえがヘマしたからだろ。おい、この野郎が逃げ出そうとしたら撃て。あとでわからせてやる』

はい、と低い返事をしてアスファルの周りにいた男の一人が銃口を配達員に向ける。

『ひえ……』

配達員は情けない声を出して手を上げた。

「ミナトくん、いまなら……」

「連中がララの側《そば》にいる間はダメだ」

グリップスの連中が目を離しているのをチャンスと見たエリカが、ミナトのジャケットを引っ張ったが、却下する。アスファルは目を離しても、耳で警戒しているのが見て取れる。

アスファルが首をコキコキと鳴らした。

『異能ってのは、ピンチになったときに覚醒《かくせい》するパターンも多いんだ。アドレナリンが脳を刺激してリミッターが外れるわけだ。本能ってやつだ。……おい、誰かガキの脚を撃て』

ミナトから見て手前に立つツナギの男が、はい、とララに向けて拳銃を構えた。冷たい銃口が正確にララの膝に狙いをつける。

先んじてミナトはエリカの肩を押さえる。

「まだ見ているつもりなの⁉」

「殺すつもりはないはずだ」

案の定、アスファルがララに向けられた銃の前に手を出した。

『……と、ちょっと待て。ガキの細い脚じゃあ、銃で撃ったら絶対に動脈破壊して死ぬじゃねーか。なにが、はい、だよ、バカが！　殺すんじゃねえ！』

アスファルが銃で狙いをつけていたツナギの男の頭をひっぱたく。叩かれた男は短く謝った。

『ったく、んじゃどうすっかなぁ……』

天井《てんじょう》を見ながら思案を巡らせていたアスファルが、ララの周りを歩きだして一周すると『そうだ』と手を叩き、ララの前でしゃがむ。

『代わりに一本ずつ指を折っていくか！』

アスファルがララの右手を掴んで、小さな小指を持ち上げた。

エリカの顔が青白くなる。

「ミナトくん！　このままじゃ！」

ミナトは答えなかった。

ミナトの目的はララの暗殺、そして一緒に暮らすこと。

目的の矛盾はララが危険じゃないとわかれば解消される。

セクター9の暗殺対象は、危険な犯罪異能者だからだ。

もしララが指を折られて本当に異能を発現させるのなら、その方がいい。少しの苦痛で、殺されるかもしれない理由からいますぐ解放されるかもしれない。

とどまるという、暗殺者として冷静な判断をしなければならない。

ミナトも骨なんて何回も折っている。耐えられない痛みではないはずだ。

黙って怯えるララを眺めた。

『……おじちゃんなんてミナトさんがやっつけてくれるもん』

ララが絞り出すように言った。

『ミナトっていうのは異能者か？』

『ううん』

『ふん、劣等種の無能力者《バニラ》に助けを求めるのか。アホらし』

『きっとおじちゃんより強いもん』

『おもしれーガキ。そいつはお前を助けてくれるような関係なんだな？』

『わかんない。わかんないけど……』
『けどぉ？』
『ララの――――に、なってほしい人……』
一瞬、ララがなにを言っているのかミナトは理解できなくて聞き逃したかと思った。
聞こえていたアスファルトは盛大に笑い出す。
『はは！　そいつはいい！　じゃあそのミナトさんに届くよう悲鳴を上げようぜ！』
ララは怖さと、これから起こる痛みに耐えるように目を瞑《つむ》った。

『っ………おにーちゃん………』

今度こそ聞こえた。
師匠のセーフハウスでララがなにを言いたかったのか、ミナトは理解した。
ララはミナトの妹になりたかったのだ。
馬鹿《ばか》な子だ。殺すか殺さないかを考えている相手を兄にしたってどうにもならない。
ミナトは暗殺者だ。親愛の情など持たない。絆《ほだ》されない。意味がないのに。
「っ――!!」
気づけばミスを犯した。

立っているだけなのに、なぜか、バランスを崩した気がして、足を前に出した。

靴の底からコンクリートの上の砂を踏み潰《つぶ》す音。

アスファルたちにも聞かれたかはわからない。

いや音は小さすぎて聞こえるはずはないのだが、どうしようもなく不安になった。

なぜ足が前に出た？　考えている暇もなく、足元にいたエリカが立ち上がる。

「我慢できない！　わたしが行って、あいつ燃やしてやる！　――って、きゃあ！」

勇むエリカに対してとっさに足払いを敢行して転ばした。エリカは尻《しり》もちをついた。ミナトは振り返らずに、狭いドアの隙間《すきま》に吸い込まれるように突入した。

銃を構える。とっさに身体が動いた。もう止められない。助ける。制御できない感情が心を支配する。

いち早く、こちらを向いたアスファルめがけて、ミナトはゴムの弾丸を放つ。

「なんだぁ？」

アスファルはララの手を離して飛び退き、弾丸を躱《かわ》す。もう一度撃つが、それも躱される。

ミナトはすぐにターゲットを切り替える。

ララを銃で撃とうとした手前の男を狙い撃つが、外す。距離があるのに頭を狙ってしまった。

おかしい。判断がおかしくなっている。なにをやっているんだ俺は、と奥歯を噛みしめる。

もとよりサプレッサーをつけた拳銃は照準が見えにくくなるものだが、いま命中しなかったのはサプレッサーのせいではない。自身が動揺しているのがミナトにもわかっていた。

すぐに気持ちを切り替える。いまは突入するべきタイミングだったと思い込む。

胸に狙いをつけて手前の男に二発撃ち、命中。男がのけぞって倒れる。

機械的な動きで狙いをかえ、配達員に銃を向けていた男に三射する。肩と胸と喉《のど》に当たり、男はくぐもった悲鳴を上げて昏倒。

ここで弾切れ。銃のスライドが後退する。

ようやくミナトに反応した最後のツナギの男が銃を構えるが、それよりも早くミナトはナイフを抜いて投げた。

投擲《とうてき》されたナイフは男の肩口に深く刺さり、男は絶叫した。

その間に新たなマガジンをリロード。男に弾丸を浴びせた。

「お、お前は、あのときの⁉　――ふぎゃ！」

突入したミナトに気付いた配達員の男が血相を変えるが、腹に二発、胸に二発の弾丸を叩きつけてやる。配達員は泡を吹きながら地に伏した。

銃を構え直し、ララを挟んで正対したアスファルを睨《にら》みつけた。

男たちの悲鳴に身体をすくめていたララが目を開けてきょろきょろした。青い瞳がこちらを捉えて、ぱっ、と大きくなる。

「ふわぁ！　やっぱりミナトさんだ！」

助けるつもりなんてなかったミナトを、まるでヒーローみたいに見上げていた。

「ララ、もう少し我慢しててくれ」

「こいつがミナトか！　はっはー！　十秒足らずでこの手際は褒めてやるぜ！」

ミナトを眺めながらアスファルがはしゃいだ。

アスファルが強がっているわけではないのはミナトもわかる。

銃を持った男三人と、配達員を戦闘不能にし、残るはアスファルだけ。

すなわち、一番脅威となる異能者を初手で潰せなかった時点で、ミナトの奇襲は失敗に終わったわけだ。

○

アスファルに血祭りに挙《あ》げられた警官はみな、なにかで貫かれた傷跡があったらしい。

つまり槍のような攻撃か、それに準ずる異能を持つ。

「公安局だ。じきにここを包囲する。命が惜しかったら抵抗はするな」

すでに包囲していると言うのは避けた。包囲しているならミナトが一人で突入するわけがないのですぐにブラフだとバレる。ブラフの看破は敵を勢いに乗せてしまう。

「ふん、俺は命より楽しみを優先する性分でな……、例えば、俺に歯向かおうと調子に乗った無能力者を、わからせてやるとかなあッ――――‼」

アスファルがララを飛び越えて、襲いかかってくる。

後ろへ下がって躱すと、アスファルの振りかぶっていた拳が地面に叩きつけられる。

拳になんらかの異能が付随しているようには見えない。それよりも着地したばかりのアスファルを狙い撃つ。

「はっ！　当たるかよ！」

アスファルは姿勢を低くしたまま右へ左へジグザグに動いて弾丸を躱す。ミナトより頭二つは大きいというのに、驚くべき俊敏さだ。

距離を詰めてきたアスファルがバネのように地面を蹴って回し蹴り。

のけぞって躱すが、蹴り自体は次の行動に移る布石だった。

敵に距離を詰められすぎた。この至近距離なら全長の長いサプレッサー付きの銃で狙いなんてつけていたら腕を絡《から》め取られてしまう。銃を封じられた。

アスファルが躱された蹴りの反動を制しながらターンし、全力の右拳を放つ。

ミナトは苦し紛れに銃を持つ右腕を立ててブロック。重い衝撃に前腕がじんじんとした。

迫るアスファルの鋭い眼光。

「公安に異能者を殺す、腐れ無能力者のチームがいると聞いている。ひょっとしてお前か？」

「……あんたみたいなチンピラでも陰謀論を信じてるんだな」

余裕な顔を作って答える。

「はっ！　ほざけ！」

アスファルが右腕を引いて手を開く。手のひらに、ブラックホールを思わせる、紫色の虚空が現れた。——なんらかの異能だ。

撃たれる。直感的に躱そうとするが——。

「ミナトさん、危ないよ！」

耳がララの声を捉えた。

言われなくてもわかっている。直線的な攻撃なら避けられる。そう考えながらも、ララの声に直感が嫌なものを感じた。ほんのわずかな猶予で、視界を動かす。正面だけではなく、視界の端の方で新たな紫色の虚空を捉えた。

右手は囮《おとり》だ。本命は下方からミナトの心臓を狙う左手——。

ミナトは後方に転がるように距離をとった。

体勢を崩さないようにしながら見る。一瞬前にミナトがいた場所に、銀色の杭が二本交差していた。

「両手から杭を生やす能力か……？」

アスファルの手から伸びた杭は槍のように鋭利になっていて、腕の骨が飛び出したのかと思うくらいの長さがあった。これで警官を血祭りにあげたのか？　ミナトは疑問符を浮かべた。

ライフルと装甲服を装備した警官三十人をこの程度の異能で倒すのは想像ができない。

「くくっ！　生やすだけなんてちゃちな能力だと思うんじゃねえぞ！」

アスファルが杭の生えた右手のひらをミナトに向けた。とっさにミナトが左へ跳ぶと、バチン、という破裂音が倉庫内に響き、次の瞬間には床が抉《えぐ》れ、盛大に吹き飛んだ。

亜音速に匹敵《ひってき》する速度で杭が放たれ、着弾した空間に破壊をもたらしたのだ。

肩にかすめただけで、脳が揺れた。急所だけではなく、手足の一つにでも当たるだけで即死すると予感した。

「さあ行くぜ、ミナト！　せいぜいあがいて楽しい戦いにしてくれよ！」

次々にアスファルが杭を射出し始める。

圧倒的な破壊をもたらす杭に対して、ミナトは全力の身体操作で避けて、逃げて、躱していく。アスファルの狙いは執念深く、ミナトの胸に当たらなければ脚を狙い、脚に当たらなければ先んじて床を狙ってミナトの着地を崩そうとする。

なんとかミナトがバランスを崩さずにいると両手で連続発射。

ミナトは大きく跳んで逃れ、姿勢を低くし、続けざまに飛んできた杭をぎりぎりで躱す。

一撃一撃が致死のダメージを孕《はら》み、躱すたびに倉庫の床や壁、屋根が崩れていった。

反撃のできないミナトにアスファルが獰猛《どうもう》な笑みを浮かべるが――、

「なんだ？」次第にアスファルが顔色を変えていく。「なぜ当たらない――？」

アスファルの杭の射出が止まる。

アスファルの困惑する様子が見えた。

どれだけ杭の遠距離攻撃を放っても、ミナトにかすりもしなくなったからだ。

「なにをした、てめぇ！」

「俺たち非能力者にとって異能者の最大の脅威は、いわゆる初見殺しだ。どんな能力かわからなければ一方的に殺されてしまう」

「そうだ！　だからてめぇはもう死んでいるべきなんだ！」

「一度だけ躱せれば良い。そうすれば対策をとれる。つまり最初の杭の発射で俺を殺せなかった時点で、あんたの負けは決まってたんだよ」

「そんなわけがねぇ！」

激高したアスファルが杭を射出するが、ミナトは身体を左にそらしただけで躱す。杭の衝撃は届かない。完全に見切っていた。

「杭は手のひらから真っ直ぐに放たれる。腕の動きに注意していれば、避けるのは容易《たやす》い」

「……ありえねえだろ。見て避けられるような速度じゃねえぞ……」

「どんな攻撃だろうと一度見切れば、もう俺には届かない」

ミナトはアスファルに向かって走り出す。

右へ、左へ、迎撃の杭を躱しながら距離を詰める。

アスファルの懐《ふところ》に入ると左拳でみぞおちを抉る。

「ぐうあ！」

アスファルが身体をくの字に曲げながらも、必死に左手のひらをミナトに向けるが、ミナトは銃を持つ右手で軽くあしらい、射出された杭が直上の屋根を貫く。

アスファルは杭を諦《あきら》めて拳を振り下ろすが、それもミナトは読んでいる。アスファルの格闘は長い手足を利用して大ぶりの一撃を叩き込《こ》むスタイルだ。恵まれた体格を振り回すだけでは、暗殺者として過酷な訓練を受けてきたミナトには及ばない。

ミナトは身体を反らして拳を躱す。銃を小さく構えて、アスファルの右膝を撃つ。

「ぎゃん！」

アスファルがたまらず片膝をつく。下がった顎めがけてミナトは膝蹴りを叩きこむ。鼻血と奥歯を撒《ま》き散らしながらもアスファルは闘志を失わない。

「クソがッ！」

「ッ！」

アスファルは、ヤケクソ気味に真下に向かって二発の杭を放った。

ギリギリで意図を察したミナトは飛び退くが、杭の衝撃をもろに浴びたアスファルは吹き飛び、距離が開《あ》く。

「もう諦めろ」

間合いをとって仕切り直したところで同じ結末だ。それがわからないほど愚かではない、とミナトはアスファルを評価するからこそ、嫌な悪寒を覚えた。

「てめえに杭を当てる方法はまだあるんだよ！」

アスファルがミナトとは別の方向に、手のひらを向けた。

その先にいるのは――、

「ララっ‼」

怯えるララの姿が見えた。どこに逃げればいいのかもわからず立ち尽くしている。

しまった――！

失態だ。アスファルとの距離が開きすぎた。間に合わない。ミナトはララに駆け寄り、突き飛ばすつもりで肩に手を当てた。

バチン、と杭を射出する破裂音が響く。

暗殺者とばれないように振る舞ったせいで、しくじった。通常の弾丸を使っていればとっくに決着はついていた。

しかし、いまララを守ろうとしていることには後悔はない。

セクター9としての使命と師匠の願い。殺すか、否か――。

だからミナトは自分以外にララを殺させない。ミナトの暗殺者としての矜持だった。

その瞬間。

ごう――。と重低音が耳朶《じだ》に響く。

「エリカちゃんだ！」

「エリカさん？」

ミナトの背後に視線を向けているララに釣られて、振り返る。

手前の地面に燃え盛る杭が転がっている。端から炭化して崩れていく。

なにが起きたのか確かめるために目を凝らすと、

「魔女として、その二人を傷つけるのは許さない！」

出入り口から差し込む光の中に、必死に杖を構えるエリカの姿があった。

「エリカちゃんが助けてくれたんだよ！」

「信じられん……」

「ど、どう、ララ、ミナトくん。わたしが敵の異能を焼き払ったのカッコ良かったでしょ？」

ララのほうに集中していたのでもちろん見ていないが、異能の迎撃ができるあたりさすがは魔女だと言わざるをえない。肩が震えているのは見逃してやろう。

「魔女の、増援だと……」

いまので体力が尽きたのか、アスファルはその場で後ろから倒れた。

ミナトはララから離れ、アスファルに向かっていく。

意識が残っているアスファルは、ミナトを恨めしそうに睨みつけた。

「信じられねえ……。異能者であるこの俺を完封して、異能者のガキを命を張ってかばう公安の人間がいるなんてよぉ……」

アスファルが地面に拳を叩きつける。

「へへ、完敗だ。やるじゃねえか、無能力者のくせによぉ……」

それもこれも任務のためだ。とミナトは心の中でつぶやきながら、肝心な部分で食い違っている気がしたアスファルに、右手の銃を向ける。

胸にゴム弾を三射すると、アスファルはそのまま気絶した。

遠くのほうからようやくサイレンの音が聞こえてきた。

エリカが「わたしが通報したおかげね」なんて言っているがこの速さで警察が動くのはミナトがララ救出のためセクター9に応援を頼んでいたからだ。――と言ったところで意味もないので黙っておいた。

ふと抱きかかえているララが満面の笑みを向けているのに気付いた。

なにか自分が触れてはいけないものに触れている気がして、ララを地面に下ろすと、ララは抱っこが終わって少し残念そうにしていた。

○

公安局と警察は別の組織である。

おおまかに言って、公安は国家の治安を維持し、警察は犯罪を取り締まる。

組織の作られた目的がちょっと違う。

つまりは仲が良いとは言えないので、ミナトは問題を起こさないように、流通センターにやって来た警察の指示に従い、警察署に連行された。

国家公安局特別警備部と所属を告げると若い刑事からは「へえ、きみ若いのに公安なんだ」などと気軽に話しかけられたが、事情通なベテラン刑事には、汚物を見る目で睨まれた。

セクター9は幾度となく、警察が捜査していた犯罪異能者の事件を横取りしているから無理もない。慣れているからミナトは気にしない。

ララは警察署の診療室で、健康チェックをしてもらったが、まったくの無傷。若い女性の警察官にパイナップル味の飴玉《あめだま》をもらってご機嫌そうだった。

エリカともども軽い聴取を受け、ミナトが解放された頃には空はすっかり暗くなっていた。

警察署の前でエリカが伸びをする。

「ねえララ、ララ。わたし今日はララの家に泊まっても良い？」

「ふわ⁉　エリカちゃんお泊りしてくれるの⁉」

「うん、家帰るのもしんどいし、今日は妹と一緒にいたい気分なのよね！」

エリカの演技は少しわざとらしかったが、ララを心配しての言動なのは伝わってくる。

「いもーと……えへへ……。やった、やった！　ララ、エリカちゃんがいたら嬉しい！」

「ミナトくんはどうするの？　父の荷物を片付けるとかなんとか言ってたけど」

「そういう話の前に、まずエネルギーを補給していいか？」

「エネルギー？」

エリカが首を傾《かし》げたので、ミナトは警察署の斜向《はす》かいにある店舗を指さした。

空色の看板をしたコンビニだった。


コンビニに入るとミナトは一直線にドリンク用の冷蔵庫に向かった。

任務のときのように注意深く目当てのものを探す。

すぐに見つけた。最小の動きで扉を開き、素早くペットボトルを手に取る。

「うーわ、エネルギー補給って炭酸ジュース⁉　ミナトくんってそういうの好きなの？」

「甘いものは好きじゃないがこれだけは別だ」

ミナトの手にあるペットボトルはグレープのポップなイラストが描かれたジュースだった。

誕生してからミナトの倍の年数は余裕で経《た》っているベストセラーだ。

「そのジュース、おとーさんもよく飲んでる！　おとーさん甘いもの大好きなんだよ！」

ララが背伸びしてミナトの持つペットボトルを覗いてきた。

「師匠はペットボトルのは飲まないだろ？」

「うん、ジュース飲むときは缶が二番で、瓶《びん》が一番って言ってた！」

「容器が冷えているからな。でも缶や瓶は手に入れづらいから俺はこれでいいんだ」

ミナトはエリカが持っていた空の買い物カゴを静かに奪い取って、ジュースを入れる。

エリカが悪巧みする顔になった。

「へえ、奢《おご》ってくれるの？」

「会計が早く済むなら別にいいぞ。本当にいますぐ飲みたいんだ」

「なんか意外ね。ジュース一本でそこまでなる？　ふつー」

「俺が小さい頃、師匠がトレーニングが終わると毎回このジュースを買ってくれたせいだ。身体を動かしたあとにコレを飲まないと体調がおかしくなる。……ララもエリカさんも欲しい物があるならさっさとカゴに入れろ。急げ」

「じゃあララ、いちごミルクいれていい⁉　おとーさんも好きなやつ！」

「いいぞ」

「じゃあわたしは、たっかいキャラメルラテでも買ってもらおうかな」

「好きにしてくれ」

そう言ってバタバタと食料も選んで会計を済ませて店を出た。

店先で袋に手を突っ込んで炭酸ジュースを取り出す。急いでキャップを開ける。もう飲みたくて喉がヒリついて耐えられない。エリカには白い目で見られていたが構わなかった。

ペットボトルに口をつけ、勢いよく炭酸を喉に流し込んだ。

果汁が入っていない液体の、人工甘味料と香料がかもしだすグレープの風味と、強い炭酸の刺激が心地よい。枯れた砂漠に雨が降るような爽快感が、ミナトの心身を満たした。

「はー。生き返る……」

「わたしたちも飲もっか」

ミナトがジュースを飲んでいると、持っていた袋にエリカが手を突っ込んできた。

エリカは袋から取り出した紙パックをララに渡し、自分もチルドカップを手に取る。

ララとエリカはそれぞれドリンクに付属するストローを刺して飲み始める。

そうしてしばらく、コンビニの照明に照らされながら、軒先で夜空を眺めつつ三人でジュースを飲み続けた。

明るい都会の夜空だ。星なんて全然見えないし、スモッグのような雲が、灰紫に染まった空に浮かんでいるだけで、いつもの見慣れたどうでもいい景色だった。

一つだけミナトがいつもと違うと感じたのは、隣にララとエリカが並んでいることだ。誰かとジュースを飲むなんて、前がいつだったか思い出せないくらい久々だった。

エリカが思い出したように声をかけてきた。

「ねえミナトくん。悪い警備の人に話しかけたとき、にこにこ～ってやったでしょ？　あの笑顔、いつもやってみたら？　少しはまともに見えるわよ」

「いまの俺はまともに見えないのか？」

「うん」

「うん、て……」

なんで、と聞くのを躊躇った。疑われているのを蒸し返しそうだし、なにかミナトの想像もしてないようなダメ出しを受けそうな予感があった。

「ララもミナトくんが笑ってたほうがいいと思わない？」

「おもう！」

ララの追撃に、冗談じゃない、とミナトは首を横に振った。

「俺が笑うときは悪党を叩き伏せるときだけだ」

エリカが意味ありげに、深くため息をついた。

「こーわ。そんなんで、ララのお兄ちゃんが務まりますかねえ……」

「ふわっ⁉」

「変な冗談を言うんじゃない」

突拍子もない言葉を責めたつもりだが、エリカは何食わぬ顔でララを見るように指さす。

強烈な視線を感じて、おそるおそる斜め下を見た。

そこにはまるまると見開かれた青い瞳があった。瞬《まばた》き一つしていない。

「……見ろ、ララが固まってしまったろ」

そんなに嫌だったのかと落ち込みそうになった。

「まったく」

エリカが言いながら、ララの肩を掴んで、自分の方にララを向かせた。

「いーい、ララ。ミナトくんは怪しいけど、今日はララを命がけで守ってくれたの。だから、いざというときの保険にミナトくんとは仲良くしておきなさい」

「おい、媚《こ》びる相談を本人の前でするなよ」

「ミナトくんも少しは信頼できるとわたしは思うの。だからララの願いをわたしは応援します。もちろん本当のミナトくんが酷いやつなら手のひらを返すけどね」

「うぅ……」

ララが呻《うめ》いてからミナトをちらりちらりと見た。

「ほら、がんばって、ララ」

「……う、うん………」

ララがミナトの方にゆっくりと振り返る。

ララの願い？　何を言われるのかわからなくて困惑した。嫌な予感がすると言ってもいい。

ララから気恥ずかしそうな感情が伝わってきてミナトも緊張した。

「あのね、ミナトさん………」

「な、なんだ？」

「おとーさん言ってた。ミナトさん、嘘ついたりするし、頑固だけどたまにぼんやりしてて、まだまだ子供っぽくて心配だって……」

「ああそう」

弟子に迷惑な遺言を遺して良い身分だ。クソ師匠め、と少しイラッと来た。

「だからララ、おとーさんに言ったの。ミナトさんと会ったらララがミナトさんのおねーちゃんになってあげるって……」

頭が痛い。理解したくない話だった。ララには悪気はないのだろうが、下に見られていた。こんな小さな子に、だ。

鬱陶しいことにエリカがミナトを指さして笑い出した。

「あはは！　おねーちゃん！　おねーちゃんて！　なってもらえばミナトくん！」

「俺が五歳児を姉と呼んでたらやばいヤツだろ！　バカなことを言うな！」

エリカとミナトが言い合っている間も、ララはおかしな話をしたつもりもなく、そのまま続けていく。

「でも初めて会ったミナトさんは思ってたよりおっきかった。ちょっとだけおとーさんみたいだった。ララがおねーちゃんになるの無理だと思った」

「……まあこの中だと俺が一番年上だしな。無理だ」

　くすぐったいものがあった。

　師匠は裏社会では伝説的な暗殺者だ。普通に考えれば師匠みたいだと思われるのは高い評価だろう。普段の師匠を知っているミナトからすれば半分は罵倒に近い言葉だが、ララは悪口をいう子ではないと信じてみる。

「でもララは大切な人増やしたい！　大切な人、増えると楽しい！　だから、ミナトさんをおにーちゃんって呼びたい！」

　ララは真剣な顔をしていた。力んでいるのか紙パックのストローからジュースが少しこぼれた。


「だから、だからね！　ララをミナトさんの、いもーと、にしてください！」


　耳を真《ま》っ赤《か》にしたララが、ぎこちない動きでお辞儀をした。

　自分はララが礼を尽くすような相手ではないとミナトは思っている。

　いまだってミナトに有利だから、この申し出を受けようと思っている。

　ただなにも言わず、はい、という。それだけでいい。

「俺は公安の人間だ。師匠はどうだったか知らないけど、みんなにも隠し事をするし、ウソもつく。きっといつかはララをがっかりさせてしまうと思う」

言うべきじゃない話をしているのだが、自然と口をついて出た。なにがそうさせているのか
ミナトにもわからない。なにもかも嘘でしかなく、罪悪感を覚えているとでもいうのか。

「それでも俺を兄ちゃんにしたいのか？」

「うん！」

ミナトがなにを考えているかも知らずにララの返事はシンプルだった。全力でうなずくだけ
の姿には、柔らかくミナトの心を締めつけるものがあった。

「わかった。……俺は今日からお前の兄ちゃんになるよ」

ミナトの返事に、ララが嬉しそうにぴょんぴょん跳ねだした。

「やった！　やった！　ララにおにーちゃんできた！」

「よかったね、ララ」

「うん！　ララ、今日、いっぱいいいことあった！　エリカちゃんと、ミナトさんのいもーと
になれたんだもん！　すごい嬉しい！」

無邪気にはしゃぐララを見て、とある懸念が湧《わ》いてきた。

ララは多くの組織が奪い合った特別な異能者。救世主や、災厄の卵と呼ばれている。ただの
子供じゃない。

いまだ異能も判明せず、どれほどの危険があるかはわからない。

セクター9の暗殺者として放っておくわけにはいかない。
ただ、セクター9最強の暗殺者と呼ばれた師匠が、なぜララを殺さなかったのか――。
もしかして――。という推測を心の中に思い浮かべる。

〝まさかあのクソ師匠、ララが可愛いから殺せなかったわけじゃないだろうな?〟
呆《あき》れてしまうのに、ありえないとは言い切れない妄想をしつつ、ミナトはペットボトルに入ったジュースを飲み干した。

ララ・ホーキンス

▶年齢　5歳
▶身長　92センチ
▶所属　ホーキンス家

カインがこっそり育てていた養女。歳のわりにしっかり者で、カインが消えたあともセーフハウスで健気に留守番を続けていた。

カインの手作りオムレツが大好物で、アニメ視聴とお絵描きが大好き。“救世主”の名で呼ばれる強力な異能者だが、詳細不明。マフィア“グリップス”が狙うその力とは――？

二章　焔の魔女は世界を騒がす　episode 2

エリカ・フリューゲル。十六歳。

白と赤を基調とした制服を上品に着こなし、プラチナピンクの髪をなびかせる少女。

国際魔女連盟の評議会に名を連ねるフリューゲル家の一人娘であり、先祖が創立した学園に通う高校二年生だ。

ミナトは一女子高生の情報収集に、あまり期待もせずにインターネットを使ったのだが、意外にもエリカの名前がそれなりに出てくる。

成績優秀生徒として表彰され、学園のイベントには積極的に参加。執筆した小論文が州の学生コンテストで賞をとり、友人たちと作ったアート作品をチャリティーオークションで販売し、寄付を行ったりもしている。

いわゆる超がつくほどの優等生――。

とはいえなかった。

最初はミナトも学園のホームページやブログ、地域のニュース記事等を読みエリカに感心した。しかし学園の掲示板やSNSでの書き込み、学生がアップした動画を見るにつれ、エリカに優等生のイメージを抱いてはいけないと気付く。

言ってみればエリカは学園の〝伝説〟であった。

例えば確認できたもののなかだと――、
中学時代に友達とバンドを組み、校門でライブを敢行して教師に連行される。

ディベート大会で、後輩を差別的な発言で泣かせた相手にバケツの水をぶちまけた。

箒《ほうき》で飛ぶ姿を動画サイトに公開して、下着が映って垢BANされた。

魔術のテストで全力を出して校庭を焦土にした。

学園祭で魔術の花火を上げるとSNSで予告を行い、客が殺到してトラブルになった。

などなど。エリカが大暴《あば》れしている映像と噂《うわさ》が大いにあった。

黙っていれば知的でクール、笑顔を見せればアイドルじみているエリカ。

人目を惹《ひ》きつける容姿をしているから、傍若無人な行いは印象に残るのだろう。

動画や掲示板には彼女の知り合いらしい相手から、〝またエリ、またエリ〟とコメントが残されていて、なんのキーワードかと考えたが、すぐに答えがわかった。

〝またエリカか――〟だ。

再生数が少ない、同級生で見回す動画とは言え、暗殺者からすればこんなふうにインターネットに顔を晒《さら》すのはありえないし、ミナトは静かに生きる方が幸福だと考える質《たち》だ。

同じ世界で生きていける存在じゃないとミナトは思う。

本来ならエリカとは一生関《かか》わらずにいるはずだったのに、ララのおかげで出会ってしまった。

エリカは姉として、ミナトのターゲットであるララを守るつもりなのだ。

いざというときにエリカの存在が邪魔になるのは目に見えていた。

アスファルが口にしていたララの争奪戦について調査するようセクター9にリクエストを送り、返信が戻ってこないからと、ついでに調べたエリカのことで気が重たくなってきた。

時刻は午前四時。

ミナトはブランケットをかけてソファで横になった。

ものの溢《あふ》れた師匠のセーフハウスで横になれる場所といえば、ララの部屋とリビングのソファだけだった。必然的にララの部屋に少女二人、ミナトはソファになるわけだ。

ふいに暗いリビングに向かってくる足音がしたので、ミナトはスマートフォンの画面をオフにし、目を瞑《つむ》った。

相手は素人《しろうと》のようだ。足音と衣擦《きぬず》れの音だけでも、どう身体を動かしているのか想像がついた。どうやらミナトの様子を見ながら大きく迂回《うかい》して玄関に向かった。

耳をすませていると、やがて玄関の扉を開け閉めする音が聞こえた。

薄目を開けたミナトは、こんな都合のいい話があるのかと、胸をなでおろした。

○

目が覚めてから、ミナトはソファに座ってテレビを点《つ》ける。

国営放送の朝のニュース番組が映った。女性アナウンサーが、異能者原理主義のテロリスト集団が警察との銃撃戦の末に壊滅した、と原稿を読み上げている。

ミナトは知っている。表向きは警察の手柄でも、実際はセクター9の任務だ。

しばらく空虚なカバーストーリーを聞いていたら、ララが慌てた様子で自室から飛び出してきた。

パジャマ姿のララが、下ろした髪をなびかせながらダイニングからキッチン、トイレ、バスルームと次々に巡る。

やがて慌てた様子で足踏みしながら、ミナトの前にやってきた。

「どうした、ララ?」

「エリカちゃんいないよ!」

「一緒に寝てたんだろ」

「うん! でも起きたらいない!」

「じゃあ自分の家に帰ったんだろ」

「ふぇ？　エリカちゃん、おうち、帰ったの？」

時間が止まったみたいにララが立ち止まった。

「エリカさんは学生なんだ。ずっとはここにいられない」

ミナトはなんてこともないようにそっけなく言った。

数時間前に聞いた玄関の開閉音。あれはどう考えてもエリカが出ていく物音だった。

高校生の少女にとっていきなり妹ができるなんて重いイベントだ。ララに面と向かって調子の良い話をしても、一晩経《た》てば責任や期待を感じて、逃げるのも無理はない。

ミナトにとっては都合の良い話だが、ララは堪《こた》えているようで、しょぼくれた。

ララは自分のパジャマの腹の辺りをギュッと掴《つか》んでいる。

「エリカちゃん、朝になったらララの髪、結んでくれるって約束してたよ……」

「他に大事な用事でもあったんだろう」

「ララ、エリカちゃんに嫌われることしちゃったのかなぁ……？　うぅ……ひっぐ……」

ララがしゃくりあげて、目に涙を溜め始めた。

まずい。配慮せずにものを言い過ぎた。子供の相手なんていままでの任務になかったから加減がわからない。

ただでさえ、ララと一緒に暮らせという師匠の指示の期限がわからない。ララに嫌われたら任務に支障をきたす。ララの異能を確認するのにも影響が出るかもしれない。

「落ち着けララ。昨日は自分で髪を結ってたろ？　エリカさんがいなくても大丈夫だ」

「ララ、あんま得意じゃないもん、下手《へた》っぴだもん……。……ふぇえ――」

確かに昨日のララの髪型は少し乱れていた気がする。いや、昨日のことはいい。それよりララが限界な気がする。

「わかった。じゃあ俺《おれ》があとで動画サイトで勉強して、髪を結ってやる。それならいいだろ？」

ララが、くしゃあ、と泣きそうになる。

「おとーさん言ってた！　ミナトさん、ファッションセンスはいまいちだって！」

「ぐあぅッ！」

思わず崩れ落ちてソファに手をついた。

辛《つら》い。子供は容赦がなさすぎる。

クソ師匠の発言らしいが、ララがミナトに告げたのは、師匠に賛同したからに違いない。

そんなにダメか、黒のコーディネート。機能美に満ちているのに、とミナトは言いたい。

「うっ……うっ……ひっく……」

ララは泣かないように天井《てんじょう》を見上げながら、アシカみたいな声を上げて堪えていた。

代わりにやってやる。が通じなかったのだからミナトはなにも言えない。手立てがない。クソ師匠でもいい。誰《だれ》か助けてくれ、と願うしかなかった。

その瞬間。どうしようもなく詰んだ空気を引き裂くように、玄関の開く音がした。

ガチャン――！

「ふわっ！　きっとエリカちゃんだ！」

ララが目をごしごしと拭ってから、玄関に向かったのでミナトもついていく。

ガラクタを避けて廊下を渡り、たどり着いた玄関でミナトは小さくため息をついた。

たしかにエリカがいた。

玄関の鍵《かぎ》を開けられる時点でエリカだとわかっていたし、エリカが戻ってくる可能性も考えていたので、ことさらに驚きはしなかったが、エリカの様相に眉《まゆ》をしかめる。

「なんだその荷物」

エリカは、キャリーケースに、リュックサック、大型のショルダーバッグにスポーツバッグ、学園指定のスクールバッグ。ついでに傘まで持っている。いまから海外旅行に行きます、と言い出しても不思議ではないくらいの重装備だった。

「え？　着替えだけど」

「それ全部か？」

「うん」

なんてやり取りしている側《そば》からララが飛び出してエリカの脚にしがみついた。

「おーおー、どうしたの、ララ？」

「ふぇぇ……。エリカちゃん、いなくなったと思った……」

「ああ、ごめんね。ララが起きる前に帰ってくるつもりだったんだけど、屋敷で色々かき集めてたら時間かかっちゃった」

「戻ってきてくれたから全然いい……」

ぐりぐり太ももに押し付けられるララの頭を、エリカは優しく撫でた。

姉妹の微笑《ほほえ》ましい光景なはずだが、ミナトは嫌な予感に震えた。

「そんなに着替えを持ってきてなんのつもりだ。一泊や二泊の量じゃないだろ」

「そりゃあそうよ。わたしここに住むもの」

「おい、学校は⁉」

「ここから通う」

「親の許可は⁉」

「お母様は忙しくて一年のうちに五日しか家にいないからバレないわよ」

エリカを甘く見ていた。

せいぜいエリカの〝ララのお姉ちゃん〟は学校の終わりとか、休日にセーフハウスへ来て、ララと交流を持つ程度に考えていた。本格的に同居する気があるとは思わなかった。

ララとエリカが一緒にいる時間が多くなればなるほどミナトは動きにくい。

エリカが中に入ってきて、すれ違いざまミナトに微笑を向けてきた。


「そういうわけでよろしくね、ミナトくん。……って、不満そう。ふふん、ララを独り占めにできるとは思わないでね」

「そんなこと考えていない」

「ミナトさん、さっきエリカちゃんがいなくてガクってなってたよ！」

「えー、ほんと？　まさかわたしがいなくて寂《さび》しかったの？　そんな距離感近かったっけ？」

「時系列を無視して誤解を生むエピソードを挟むな！　ララの髪をあんたの代わりに誰が結おうって話をしてただけだ！」

「ララの髪を結うのはわたしに決まってるでしょ。わたしが子供の頃に使ってたリボンとか持ってきたから試すわよ、ララ」

「ほんと!?　やった！　やった！」

○

荷物を置いてジャケットを脱いだエリカは、ソファに座り、両膝《ひざ》に挟んだララの髪をいじり出した。エリカの手際はよく、ララの髪をふわっとした三つ編みのお下げに結っていく。

このふわっと感がララに合っている。黄色いリボンも添えられて銀髪を優しげな印象に変えていた。ミナトがやれば懸垂下降のロープみたいにきっちり結んでいただろうから、ララを悲しませたかもしれない。

ララは後ろからエリカに抱かれながら、渡された手鏡を両手で持ち、ご機嫌に足をぷらぷらと動かしている。

「はい、お客様、完成です！　当店のヘアーセットにご満足いただけましたか？」

「とっても満足です！」

「それは良かったです。それではお兄さんお支払いをお願いします」

「妹の髪のセットに金を要求するな」

眺めていたら二人のヘアサロンごっこに巻き込まれた。どこかに逃げておけばよかったが、師匠のセーフハウスはガラクタが多くてそうもいかない。

エリカがピンクのスマートフォンを取り出し、インカメラをララと自分に向けた。

「写真撮るわよ、ララ」

「ララ、写真好き！」

「レンズ見て。はい、チーズ」

エリカはカシャリと撮影した写真をララに見せてから、はしゃぐララを尻目《しりめ》に、なにやら夢中で画面を操作しだした。また嫌な予感がした。

「ちょっと待て。あんた、いまなにをしようとしている？」

「ララの写真をわたしのアカウントからアップしようかなって……。この可愛《かわい》さだもの、絶対バズるわ」

ＳＮＳに俺のターゲットをアップするんじゃない。とミナトは叫びそうになる。

「絶対やめろ」

「加工してもダメ？」

「ララは複数の組織に狙《ねら》われているらしいんだ。身体の一部でもネットにアップするのは命取りになりかねない」

「ああ、そっか……。それならダメよね。残念」

エリカは素直にスマートフォンの画面を消し、テーブルに置く。聞き分けがよくミナトはホッとしたが、エリカのガッカリした姿に、ララが心配そうにしていた。

「ララとエリカちゃんの写真、お友達に見せるのやめちゃうの？」

「うん。バズると思ったんだけどね」

「ばずる？　ばずるといいことあるの？」

「あるわ。わたしの夢に一歩近づく！」

「……エリカさんの夢だと？」

不安になる言葉だった。数時間前にエリカの学園での伝説っぷりを確認していたので、なにをやらかすのか気になる。できれば被害を受けたくない。

「知りたいならいくらでも教えるわ。実はわたしね——」

エリカがララを避けて立ち上がり、堂々と胸に手を当てる。

「スーパーゴッドインフルエンサー魔女になりたいのよ！」

「スーパーゴッドインフルエンサー魔女ってなんだよ！」

エリカは、ふふん、と得意げな顔のままだ。スーパーゴッドインフルエンサー魔女についての答えを事前に用意しているらしい。まんまと聞いてしまって悔しい気分だ。

「ミナトくんは魔女って聞いてなにを想像する？」

「あんたの制服。三角帽子。箒で飛ぶ」

「それって見た目でしょ！　わたしが聞きたいのはパブリック・イメージよ」

「魔術で超常現象を引き起こす。異能者の味方をする」

「正解だけど、それだけじゃ足りないわね。SNSが普及してから魔女ってどう？　インフルエンサーになりがちでしょ？　派手な魔術を使う姿を動画にすれば、即トレンド！」

ミナトはSNSをやらないのでピンとは来ない。

「魔女がタレント化していると言いたいのか？」

「おとーさん言ってた！　インフルエンサーは人気者！」

「その通り！　いまＳＮＳで活躍する魔女はみんなの話題の中心！　お菓子を食べたと投稿すればメーカーの株価が上がり！　使っているコスメを紹介すれば、謝礼のサンプルが山ほど届き！　ゲーム実況をすればチャンネル登録者数百万オーバーで高額の案件をいただく！　それが現代の新しい魔女の姿よ！」

高々と吠えるエリカだが「でもね」とトーンダウンした。演技がかっていて鼻についた。

「若い魔女のみんなはそれがわかってるからどんどんＳＮＳを始めるの。参入する魔女が多くなったから、数年前と違って、ほとんどの魔女が目新しさを見出されずに埋《うず》もれてくわけ……。いまはね、普通のインフルエンサー魔女じゃだめなの、インフルエンサーを超えたインフルエンサー。スーパーゴッドインフルエンサー魔女にならなければ生き残れないわ」

「そのスーパーゴッドインフルエンサー魔女になるのに妹を利用しようとしたのか？」

「……小さい子って人気があるのよ」

「ダサすぎだろ！　自分の魔女の部分で勝負しろよ！」

「う、うるさい！　なにやっても友達しかコメントくれない切なさが、ミナトくんにわかるわけないでしょ！」

「目立ちたいから学園で数々の伝説を残してきたわけか……」

ぼそっと言ったらエリカは眉をひそめた。

「わたしについて調べたのね」

「まあな。ララの姉になったやつがどんなのかは確認する必要があったからな」

「……えっち」

「他人にえっちって言うやつ初めて見たよ」

ミナトに夢はない。せいぜい犯罪のない場所でひっそり暮らせれば幸せと思うくらいだ。人々の話題の中心になりたいエリカとは違う。エリカはあえて人々の話題の中心になり、目立ちたいのだ。

静と動。陰と陽《よう》。白と黒。暗殺者と魔女。

けして交わらない価値観がそこにはあった。

絶対にこの人を好きになれないな——とミナトは確信した。

「じゃあララ、写真はもう撮っちゃだめなの？　エリカちゃんの役に立たないし……」

「まさか！　ララの写真は思い出に撮るわよ。それにスーパーゴッドインフルエンサー魔女用の写真なら、ここは撮影スタジオ並みに面白《おもしろ》いアイテムだらけだから問題ないし！」

「散らかってる師匠の荷物を使うつもりならやめておけ。さっき、うちの部署に連絡して回収の手配をした。今日の夕方には引き取りに来てくれる」

「えーなんで？　片付けるのは危険なものだけって言ってたじゃない！」

「まあ、そうなんだが……」

昨日、師匠が持っている危険物の処分に来たとエリカには伝えていた。

危険物。つまりは武器や弾薬、薬品のたぐいだ——。

リビングには、トーテムポールやどこかの部族が使っていた盾や槍《やり》、トランペット。貴族が被りそうな仮面。高そうな壺《つぼ》。ゴルフバッグ。バス停の標識などなど。

雑多なリサイクルショップを思わせるようなカオスな光景が広がっていた。


ここにあるガラクタが、実は師匠がコレクションした暗殺ガジェットだなんて言えない。


ミナトは頭を悩ませた。

例えばトランペットは、吹けば弾丸が飛ぶ単発式銃。槍は観賞用のようで人を刺し殺せる本物。壺は水に化学反応して爆発《ばくはつ》する爆弾。トーテムポールは携行式ミサイルが内蔵できる。

実弾や爆薬は装塡されてないものの、調べればすぐに武器だと分かる。

警官が持つ銃とは違い、どれもが奇襲を前提に殺すための道具。

師匠が暗殺者だとバレたら、師匠の弟子である自分も芋づる式に暗殺者バレしてしまう。

「ほとんどは師匠が公安に返却していない捜査資料だ。公安の倉庫に保管するのが正しい。撮影も禁止だ」

「ふーん」

もっともらしいウソをつくとエリカがつまらなそうに辺りを見回した。納得していないのかはわからないが、余計なことを考えないでほしい。

「おとーさんのお荷物、もってっちゃうの？　おとーさん、寂しがるかも……」

人のものを勝手に処分しないというモラルか、父親の気配がするものが家からなくなる寂しさなのかはわからないが、後者なら無理強いはできない。

ララは不安そうにしている。

ちゃんと、それらしい話をして説得しよう。

「大丈夫だ。別にそこらへ捨てるわけじゃない。師匠が必要になったらすぐにもとに戻せるからなにも心配する必要はない。師匠にも俺から説明しておくから大丈夫だ、問題ない」

「じゃあミナトさんは〝せきにん〟をもって行動してください」

「よくそんな言葉知ってたな……」

ララは少し戸惑いながら納得してくれた。一方でエリカは訝《いぶか》しげにミナトの顔を覗《のぞ》き込んできた。

「ミナトくんなんか必死よね？」

ぎくりとした。

「普通だと思うが……」

「言葉を尽くすタイプに見えないから、ララに早口で説明してるの不自然なのよね」

「あんたが俺のなにを知っているんだ。俺は仕事を遅らすのが嫌いなだけだ」

ララに合わせて話したつもりが、ミナトらしくないという。ボロを出したのかと内心焦《あせ》ったが、よくよく考えればエリカと出会って一日しか経《た》っていない。

ミナトが不自然だなんていうのはブラフだ。ここは堂々としていよう。

「うーん。……まあ、いいか。ガラクタが片付けば物置に使っている部屋を、わたしの部屋にできるものね。二部屋あるし、ミナトくんとわたしで、ちょうどいいわ」

「そっか！　エリカちゃんとミナトさんのお部屋ができると嬉《うれ》しいね！」

ようやく思った方向に向かってくれたエリカとララに、ほっと胸を撫《な》で下ろす。のも、つかの間「そうと決まれば」とエリカが壁際にあるゴルフバッグを持ち上げた。

「あれぇ！　このゴルフバッグ、重っ――――!!」

膝の高さに浮かしただけでエリカの耳が真《ま》っ赤《か》になる。

「がんばってエリカちゃん！　ララも手伝う！」

「ぐぐ……。ララ！　異能や魔術を使えると世間から社会的強者扱いされちゃうんだから、魔女は弱みを見せられないの！　体力も魔術もがんばらないとぉ！」

「よいしょ！　よいしょ！」

エリカはゴルフバッグを背中に担《かつ》ぎ、ララが底面を押し上げて手伝っている。

ゴルフバッグの中身はロケットランチャーだ。ララよりも重量があるはずだ。

いやそれよりも――、

「待て待て！　なにやってる、あんたは手を出さなくて良い！」

「自分の部屋を手に入れるのに、なんでもやってもらうだけなんてわたしは嫌！」

「なんだその律儀さは⁉　そういうの気にする人だったのか⁉」

「わたしは胸を張って生きたいだけよ！」

エリカの目は真剣そのものだった。今朝《けさ》見た数々の伝説を撮影した動画でも、こんな目をしていた気がした。何を言っても無駄な予感がする。

だから実力行使だ。ゴルフバッグをエリカの手から強引《ごういん》に奪い取る。

「ちょっとなによ！」

「エリカさん。手を貸してくれるなら俺が片付けたところから掃除してくれないか。公安の荷物は公安の人間として俺が責任を持ちたいんだ」

エリカが不満げにしながら辺りのガラクタに向かって手振りをする。

「ここのガラクタ全部一人で運ぶのは大変よ」

「体力には自信がある」

エリカが運ぶのを見ているだけのほうが大変なストレスになるのはわかっていた。

「やっぱりなにか隠そうとしてない？」

「俺は無実だ」

表面上は冷静に答える。

エリカがミナトの顔をじっと覗《のぞ》き込んできた。エリカの目を見ていると、心を読まれているような気分になってきた。動揺すれば終わりだ。眼《め》をそらさないようにする。

エリカが顎に指を当てた。

「うーん、責任とか言われたら仕方ないか。賠償金とか請求されたら嫌だし。……じゃあお言葉に甘えて、掃除機を探してくるわ」

そう言い残して、エリカはダイニングからララの部屋につながる廊下の方へ消えていった。廊下の突き当たりにはクローゼットがある。

「ふう……」

無事だったゴルフバッグを床に下ろす。持ち上げるのは少し疲れる重さだ。

暗殺者の仕事は正面切って戦うだけではない。

人に非難されるような手段だって講じる。

ゆえに様々なガジェットが開発され、ときにはスパイ映画さながらの珍妙なものが生まれる。

師匠はこういうキワモノじみたアイテムをサポートチームと開発していた。実戦で使ったかどうかはミナトも知らない。作るのが楽しかっただけかもしれない。ゴルフバッグに手を置き、師匠を思い出していた。

「ねーミナトさん、知ってる？」

「なんだ？」

エリカに置いてかれたララが、ゴルフバッグを人差し指でつんつんした。

「これロケットランチャーっていうんだって！　おとーさん言ってた！　悪い人をどかーんってやっつけるんだって！」

なぜ教えた――。クソ師匠を心の底から罵倒したい。

「おとーさんのお荷物、武器がいっぱい！　カッコいいから、ララも欲しいって言ったら、ララがもっと大きくなったらあげる、っておとーさん言ってた！」

普通に銃刀法違反だ。

少ししゃがみこんでララを怖がらせないよう笑顔を作る。ひきつってしまう。

「ララ、ここにあるものが武器なの、他人には話すなって師匠に教わらなかったか？」

「ミナトさんとララ、他人じゃないよ！」

「そうだったな……」

「えへへ！　いもーとだもん！」

自分が必死に隠そうとしたのはなんだったんだと言いたくなるが、まだセーフだ。

幸か不幸か。ララは師匠とミナトを疑っていないが、エリカにも懐《なつ》いている。いまみたいにガラクタの正体をエリカに教えようとするに違いない。

「師匠のガラクタの正体はエリカさんに教えちゃ駄目だぞ」

「なんでぇ？　ララ、エリカちゃんに教えたいよ」

内心、ガクリ、と来たが、予想通りの反応だったので用意していた台詞《セリフ》を告げる。

「師匠がエリカさんに自分で教えたいかもしれないだろ？　勝手にララが教えたら師匠もガッカリするぞ」

「ふわっ、そーかも！　ララが教えたらおとーさんかわいそう！」

「だから秘密にしよう」

「そうだね！　秘密の約束！」

ララが手を当てて、口を閉ざした。

この約束がどの程度の効力を持つかはわからない。

他人が秘密を話さないという約束が守られたかは、相手が死ぬまで証明ができないものだ。

口を封じるのが一番楽だといっても、ララ相手ではまだ判断しかねる選択だ。

暗殺者の世界では、仲間や協力者など、排除できない相手と秘密を共有するケースは多々ある。そういうときは、相手を信じるという選択肢も選ばなければならない。

小さなララを信じよう。

「二人ともなに話してたの？」

コードレスの掃除機を手に、エリカが戻ってきた。

「むぅ…………」ララは口を閉ざしながらエリカをきょろきょろ見る。

「ララ？」

「ララ、ナンニモ、シラナイヨー」

一気に不安になった。

○

問題が増えるなか、ガラクタもとい師匠の暗殺ガジェットの片付けにミナトは挑戦した。

ララは頼られたいらしく「ララも手伝うよ！」とガラクタを運ぶミナトにくっついて来た。

普通なら断るところだが了承する。秘密を知るララは、目の届く場所に置いておく方がいい。

もちろんララの細腕で荷物を運べるわけがないので、「俺が荷物を壁にぶつけないように見張っていてくれ」なんて適当に言いつけるとララは眉をピンと伸ばしてうなずいた。

ミナトが玄関に荷物を運ぶと、ララは内緒話をするみたいに「これはブーメランだよ！　これはショットガン！」なんて教えてくれる。

適当に相槌《あいづち》をうちながら、ミナトは大急ぎでリビングに戻る。

エリカはミナトが片付けた場所から掃除をする。片付けが遅れれば、またエリカがガラクタに触るんじゃないかと気が気ではない。

ミナトはガラクタをハイペースで整理した。

総重量が乗用車一台分を超えるガラクタは玄関には収まらず、許可をとってマンションの内廊下を使わせてもらう。もちろん暗殺ガジェットを共用スペースに放置して盗まれては冗談ではすまない。携帯用の赤外線センサーを廊下に設置した。

――ララが引っかかっていた。

「ミナトくん、すんごい疲れた顔してるわよ」

エリカに苦笑いされた。

ガラクタをあらかた移動させ、掃除も終わると、午後三時を回っていた。

セーフハウスには暗殺ガジェットではないものが詰まったダンボールが数個と、家具、日用品が残るだけになった。おかげで部屋のモダンな印象が蘇《よみがえ》っていた。

「意外とここって、そこそこ広い部屋だったのね。余計な荷物なくなるとよくわかるわ」

「これでそこそこって普段はどんなところに住んでいるんだ」

「築百五十年の屋敷。玄関がこの部屋の二倍くらい広い」

「すごいな……」

素直に驚きつつミナトはダイニングテーブルの椅子《いす》に座る。用意していた炭酸グレープジュースを一口飲んだ。これさえ飲んでおけば明日は筋肉痛になる心配はない。

ミナトに釣られるようにエリカが対面に腰掛けた。

「荷物は片付けちゃったけど、ララに父のこと話さなくていいのかな？」

ミナトとエリカの視線がララに注《そそ》がれる。ララは遅めの昼食を食べてからしばらくして、ソファで昼寝をし始めた。静かな寝息が聞こえる。

「俺は話すつもりはない。少なくともララの異能がわからないなら、下手《へた》に話して自棄《やけ》になられても困る」

「やけに他人事《ひとごと》みたいに言うのね。妹なのに。それとも単に異能者が嫌いなだけかしら？」

「勘違いするな。公安は社会の安全を優先するだけだ。でもあんたが話す必要があるというのなら止めはしない」

リスキーだが、わざとララを動揺させて異能を探る手段もある。

「まあそうね。……わたしもまだ話すつもりないかな。もうちょっとララからわたしたちへの信頼度を上げないと、悲しむララを支えられないと思う」

ララを想《おも》うならエリカが正しい。ミナトはララを危険かどうか見極めようとしているだけだ。

異能者に対する、魔女と、暗殺者の違いだ。

同胞として扱うものと、危険な存在なら排除するもの。

「魔女として、ララの異能についてわかったことはあるか？」

それとなく情報収集のために聞いてみる。魔女の見地があるはずだ。

「父がララを異能者だと書いていたから異能はもう使えるはずだけど、おそらく攻撃的な力じゃない。子供がわけもわからず異能を使って火事や荷崩れを起こしちゃうケースは多いの。

でもここを父がガラクタだらけにしていたなら、事故が起こらない自信があったのよ」

　エリカの話は理にかなっていると感じた。さしもの片付け下手な師匠でも、事故が起きるのが目に見えている状態を放置するとは思えない。

「父がララの異能を一部でも理解していたという前提の話だけどね。攻撃的な異能を持つ人間って異能者の中でも三割くらいだから、ララの異能は危険じゃないと思う。……あとは救世主になるかもってやつ。まあわかっているのはそれくらい」

「参考になる」

「あ！　でもわかったことがもう一つあるわ！　──ミナトくんが今日必死だった理由。ララを見ててわかったわ」

「な、なんだと……⁉」

　急に背中から刺されたような衝撃だった。ララをマークしていたというのにエリカに見抜かれていたのだ。なにが悪かった？　頭が混乱するが、対抗策を練らなければならない。いったいどうすればこの場を切り抜けられるのか──。

「さっさと言えば楽になれたのにねぇ？」

「な、なにがだ……」

　焦るミナトを見透かしたように、エリカが挑戦的に笑いかけてくる。

「ソファのことよ」

「ソファ?」

「荷物を片付けてわかったけど、ここってララの部屋しかベッドがないじゃない。つまり父がどこで寝てたかというと――」

「……ソファだな」

「父が寝てたところでミナトくんも寝るの嫌だったから必死だったのよね。変な脂《あぶら》とか染み込んでそうだし。ふふ、もっと早く言えば、変に疑われずに済んだのにねぇー」

「…………」

「違うの?」

「……いや、合ってる。合ってるからそれ以上は意識させないでくれ」

「あ、ごめん。ベッドないから今日もソファで寝るのよね」

エリカが勘違いしていてホッとしたのが半分。中年男の寝汗が染み込んだソファで寝ていたのに気付かされてダメージを受けているのが半分だった。

なんだか背中が痒《かゆ》くなってきた気がする。

師匠の寝床がわかっていたはずのララは、よく気持ちよさそうにソファで寝られるものだ。

それほど師匠が大好きなのか。

「あ!　あともう一個!」

「まだあるのか?」

「昨日から気になってたんだけどララの服が少ないのよ。汚して着替えることになったらローテーションできなくなるくらいにね」

「なんだそんなことか……」

いちいちエリカの発言が心臓に悪い。

「なんだとはなによ。ララが汚れた服を着続けることになってもいいの？　お兄ちゃんでしょ」

「あとでネットで服を注文すれば良いだろ」

「ネットも安くて良いんだけど、折角だから東フーゲン駅のショッピングモールに三人で買いにいかない？　試着させたいし、一緒に出かければララともっと仲良くなれると思うのよね」

リスクを考える。東フーゲン駅近くは治安が良い部類だ。

「構わないが明日は平日だぞ」

「だからわたしが学校終わってから現地集合。三人でデートしましょ」

「……わかった」

ララの環境を変えるのも、異能を探るには良い機会かもしれない。了承して、炭酸グレープジュースを飲み干した。暗殺者の職務ではないが、護衛をやることになる。少し厄介だ。

夕方になると予定通りセクター9のサポートチームがセーフハウスにやって来た。

ミナトの知り合いが「カインさんの娘って可愛い子だったのか？　んん？」とどうでもいい

話を振ってきたので、とっと荷物を引き取らせて、エリカたちに会わせないよう追い出した。

○

朝になってエリカが登校するのをララと見送った。

ショッピングモールへ出かけると昨晩伝えてからというもの、ララはずっとテンションが高い。「ララ、お出かけするんだよね！」と起きてから何回も聞かれた気がする。

そわそわしているララとアニメを見て時間を潰《つぶ》し、コンビニのパンで昼食を済ませる。

待ち合わせ時間が近づくと、ララに帽子をかぶせた。

淡い色のサファリハットだ。つばがあって、ララが上を向かないと顔が見えにくくなる。

もとからセーフハウスにあったものなので師匠が用意していたのだろう。

「悪い人から顔を隠すために外では帽子を被るんだ。それが外出の条件だ。いいな？」

「うん！　お帽子外さないよ！」

ララは満面の笑みだった。

帽子の重要性を理解しているか不安になったが、師匠のガラクタが武器だったことはエリカに黙っているあたり、約束を守る子なのはわかっている。

地下鉄の時刻を確認し、ララを連れて待ち合わせ場所に向かった。

やっぱりこの人は好きになれないな――。

そう思ったのは、人通りもまばらな東フーゲン駅のバス停で、「おまたせー」と箒にまたがったエリカが上空から舞い降りてきたからだ。

ララと一緒にエリカの乗ったバスを待っていたら、ごうごう、と重低音が空から聞こえて、嫌な予感はしていた。

「ごめん、ごめん！　友達の図書委員の子を手伝ってたらバスに乗り遅れちゃってさ、箒をかっ飛ばして来たわ！」

エリカが着地して、箒を右手に携える。左手にはスクールバッグを持っていた。

「別に連絡してくれればカフェにでも入って待っていた」

「でも時間通りに来られた方がいいでしょ。二時半ぴったし！」

「やたら目立っているんだが……」

突如現れた魔女の存在に気づいてスマートフォンのカメラを遠巻きに向けている中年女性やサラリーマンにエリカは一礼した。野次《やじ》を飛ばす人間もいたがエリカはスルー。

「あれ絶対、ＳＮＳに投稿するわよ。ふふん、バズれ、バズれ……」

エリカは無断で写真を撮られても悪い気はしていないらしい。ミナトとは真逆だ。

「エリカちゃんすごい！　すごい！　空飛んでた！」

ララが目をきらきらと輝かせて言った。

「まーねー。空を飛べるのは一人前の魔女の証《あか》しなのよっ！　わたしの場合は炎の力から、魔術で熱だけを抽出して、気流を操《あやつ》って飛ぶわけ」

「ララ、説明よくわかんないけど、エリカちゃんカッコいいと思う！」

エリカはにやにやしている。承認欲求の塊である。

「でもでも、そんなカッコいいわたしの妹も、魔術を学べば空を飛べるかもよ～」

「えへへ～、ララもエリカちゃんみたいな魔女になりたいかも～」

「もう行くぞ二人とも」

「ふわっ！」

「ええ、待ってよ、ミナトくん！　せっかちね！」

さっさと注目から逃れるためにミナトはショッピングモールの方へと進んでいった。

○

東フーゲン駅は五つの鉄道路線が集まる交通の要所だ。

当然のように鉄道を利用する客をあてにしたショッピングモールが駅に併設されていて、平日でも賑《にぎ》わっている。

ショッピングモールに入ると五階まで吹き抜けになっているホールと、ホールの中心に設置された噴水が出迎えてくれる。

噴水が珍しいのか、ララが目をキラキラと輝かす。その肩をエリカがちょんちょんと押して、別の方角を指さした。

「ララ、風船配ってるよ。もらってくれば？」

「ふわっ！　ララ、風船好き！」

クレジットカードの入会案内をしているコーナーの前で、クマの着ぐるみが風船を子供に配っていた。ショッピングモールの公式キャラクターらしい。

ミナトは飛び出したララを少し遅れて追いかける。ララを正面に捉《とら》えながら、前方百八十度を見渡し、後方の警戒も怠らない。神経を使う作業だが、顔には出さない。

ララが黄色い風船を受け取って「ありがとう！」と着ぐるみにお礼をして戻ってきた。

ララはばいんばいんと風船を何度も引っ張りながら、鼻息を荒くする。

「二人ももらっておいた方がいいよ！　早くしないとなくなっちゃう！」

「あはは―、わたしたちは小さい頃にもらったから良いかな～」

エリカが困ったように笑う。

「俺はもらったことない」

「え、うそ？　遊園地とかイベントとか行かなかったの？」

「親がいた頃も、師匠と出会ってからも、こういう場所で遊んだ記憶がない。風船も有料だと思っていたからララについていったんだ」

「……なんか、ごめん」

「なにが？」

「なにがってご両親のこと。思い出させて……」

「昔のことすぎて顔も覚えてない。気にするな。それに遊ばないのも普通だから寂しいと思わないさ」

「そう。うん、じゃあわたしたちと一緒にいたら、一人のときに寂しい人生になるわね。かわいそー」

「そんな風にならない自信がある」

切り替え早いなと思いながら、適当にやり過ごす。

ミナトは寂しがる自分が想像できなかった。暗殺者は孤独なものだから、それでいい。

「よーし、夕方の混む時間の前に、さっさと用事を済ませるわよ、二人とも」

「ララもう風船もらったから大丈夫だよ？」

「風船が目的じゃないの、ララ！　今日はなにしに来たのか忘れたの？」

ララがちょっと考える。

「……お洋服を買いに来た！」

○

ショッピングモール三階の東館には、屋内遊び場と、授乳室、赤ちゃん用品店や、子供向けのファッションブランド店など、子供にまつわるものが集まっていた。

ベビーカーを押す主婦や、子供連れが多く、異世界に来たのかと思うくらいミナトにとっては場違いで、居心地が悪い。

箒を持っているエリカが目立つのも気になる。

エリカはあらかじめララに似合うブランドの目星をつけていたらしく、いくつもあるアパレル店から迷うことなく店舗を選んで入っていった。

内装に木材を多用した温かみのある店だ。

エリカたちのあとから入店したミナトは、店員と目が合った。お前みたいなのがどうして、と思われてるのかと被害妄想。

服選びに参加するつもりのないミナトは手持ち無沙汰だ。さっさと用事を済ませると宣言してくれたエリカに期待していたのだが、ララの洋服選びはいつまで経っても終わらなかった。

呆《あき》れたことにエリカは、あれもこれもと山ほどの服をカゴに突っ込んで試着室に持ち込み、一番楽しんでいた。

ちょっとした外出用。水玉模様のゆったりめのワンピースをエリカはララに着せる。

「うはー！　想像以上ね！　ララくるって回ってごらん！　動画に撮るから！」

「えへへ！　ララ、回るよ！　くる〜っ！」

ララが前転しそうになったのでエリカが慌てて止める。

生地のしっかりとしたオーバーオールに、ボーダーのシャツを組み合わせてララに着せる。

「よし、よし！　そのままでもいいけどちょっと肩紐《ひも》ずらしてみようか！　――ああ、これ絶対バズるやつ！　写真撮っちゃおう！」

「絶対にSNSに載せるなよ」

さすがにしないと思うが、一応釘《くぎ》を刺しておく。

チェックの長袖《ながそで》シャツとパンツという軽い運動から部屋着にも使えるカジュアルな上下をララに着せる。

「いいね！　チェック柄はミナトくんが着たら陰湿になるだろうけどララだと可愛い！」

「俺とチェック柄に対する偏見がすごいな！」

急に流れ弾が飛んできたので、思わず口を出してしまった。

白とピンクのツートーンのジャージをララに着せる。

「公園とかで遊ぶなら必要かなって思って着せたけど、ジャージでも可愛いってどういうこと⁉　なにそれ無敵じゃん！」

「ララ、公園いってみたい！」

ララが目をきらきらさせるので「そのうちな」と合わせてやる。


セーフハウスにパジャマは二着持っているから予備ということで、ネタに走ったパジャマをララが着させられた。フードと尻尾《しっぽ》のある、デフォルメされた怪獣のパジャマだ。

「がおーってやってララ！　がおーって！　――ああ！　やっぱり可愛い！　絶対バズるやつ！　これを独り占めにするなんて犯罪みたいなもんだけどぉ、ララの安全を守るためには仕方ないッ！　ララ愛護管理法の憎いところね‼」

「勝手に変な法律名をつけるな！」

エリカのセンスがわからない。

ララの傘を買おうとしたエリカに、「こっちのが便利だろう」と子供用のレインコートを勧めた。ついに口を出してしまった。

「レインコートの方がいいって言ったミナトくんを信じて正解だったわ！　見て、萌《も》え袖《そで》よ！狙ってやってない本物の萌え袖がここにはある！」

「利便性で勧めただけだ。あとさっきからテンションおかしいぞ、あんた……」

警告したが、エリカの目はキラキラと輝き、鼻息は荒い。何を言っても無駄なようだ。


そうして一時間くらいはそんなやり取りを繰り返した。

エリカは〝足りない服を買いに来た〟という目的を見失い、ララに可愛い服を着せようと躍起になっていた。

「エリカさん、いいかげんに終わりにしよう。ララも飽きてきてるぞ」

ララは、試着室の角にある小さな椅子に座って、うつむいて足をぶらぶらさせていた。見ているだけのミナトでも疲れているのだから、子供のララは無理もない。

「そうね、お店のもの全部試着するのもどうかしてるし、終わりにしますか。……ねえララ、どれが気に入った？」

「……ララ、エリカちゃんが選んでくれたの全部好き」

「よし全部買うか！」

「ウソだろ⁉　決断早ッ！」

驚くミナトを尻目に、エリカは試着した服を買い物カゴに収め、レジに向かった。セクター

9の経費で落ちないだろうが仕方ない。スマートフォンの電子決済画面を開いてミナトは追いかけたが、エリカに手で制された。

「ああ、いいわ。わたしが言い出したんだから、ここはわたしが払う」

「いい値段するぞ。学生には厳しいだろ」

「ときたまバイトしてるし、中等部のときに作った魔女用品の特許でお小遣《こづか》いあるし、お母様から生活費もらってるし大丈夫ー」

エリカがピンクの財布を取り出した。ミナトの財布より紙幣が入っている。

「エリカさんがララの服を買ってくれるってさ。良かったな」

元の服に戻ったララに言う。なにも言わずにちゃんと帽子をかぶり直していたので感心した。

「ふわっ！　エリカちゃん、ありがとー！」

「いーの、いーの。本当ならあのクソ父がもっと買っておくべきだったんだから」

師匠に思うところのあるエリカの横で、子供服が詰まった紙袋を受け取る。箒とスクールバッグを手にしているエリカに荷物を持たせるのもしのびない。……と気を使った次の瞬間、エリカの発言に驚いた。

「んじゃあ次行くわよ！」

「まだあるのか⁉」

勘弁してくれと懇願しそうになっていると、エリカは涼しい顔でミナトを指さしてきた。

「うん、次はきみの番」

「はあ？」

「ミナトくん、全身真っ黒の怪しい身なりで、わたしが放置するとでも思ってるの？」

エリカの眼光は鋭く、舌なめずりをする狼《おおかみ》のようにも見えた。

○

ミナトは嫌がったが、エリカが強引に腕を組んできた。

腕を組むと言っても恋人のようではなく、警官が迷惑な市民を連行するようなイメージ。

エリカが「ミナトくんの服を選ぶわよ！」と言ったら「面白そう！」と乗り気になったララがミナトを後ろから押してきた。

抵抗しても、引きずられるようにして四階の男性向けアパレルショップにたどり着く。

入った店はちょっとしたチェーン店であり、カジュアルもフォーマルも揃《そろ》っている。

男性向けのアパレルショップは何軒もあるはずなのに一直線に連れてこられたあたり、最初からエリカは予定していたようだ。

つまり罠《わな》だったのだ。

よくも騙《だま》したな、とミナトがエリカに訴える前に、エリカはミナトを試着室に押し込んだ。

「ちょっと待て、エリカさん！　俺が着ているスーツは公安のサポートチームが作った特注品だ！　ジャケットは耐弾、耐火性、シャツは耐刃、靴は絶縁！　脱ぐ気はないぞ！」

「だからって着替えないわけにはいかないでしょ！　きみ、わたしと出会ってからずっと同じ服じゃない！　寝るときだってスーツ！　身だしなみに気を使わなすぎでしょ！」

「違う！　同じものを十着持っているんだ！　ちゃんと着替えている！」

「十着⁉　……ちょっとはバリエーションをつけなさい！　家でいつも真っ黒だと威圧感がすごいのよ！」

「別に気にしなければいいだけだろ！」

「気にするっつーの！　それともなに？　戦うための服じゃないとわたしたちといられない理由があるの？」

「いや、それは……」

　まさにエリカの指摘する通り、ターゲットの前で無防備になりたくないのだが、認めるわけにもいかない。

　黙っていたらエリカがさらなる攻勢に出た。

「はい、決まり！　ミナトくんに似合いそうな服を持ってくるわ！　……ララ！　ミナトくんが試着室を出ないように見張ってて！」

「わかったよ！　通せんぼ！」

「くっ……」

エリカの勢いに押し切られる形で、ミナトの服を買うのが決まった。

エリカが白いワイシャツを持ってきて、いつものスーツからシャツだけ着替えさせられた。

黒スーツに白いシャツだ。

「とりあえずシャツだけ替えてみたけど、違和感すごっ。白シャツが似合わないって、あはは……」

「笑うんならせめて楽しそうにしてくれ」

「おとーさん言ってた！　あんまり面白くなくても、その人が落ち込みそうなら笑ってあげなさいって！」

「笑う努力をしようとするなララ！　惨めになるだろ！」

ララは手に持っている風船を引っ張りながら、にまー、と笑う。

次にエリカは赤いシャツを持ってきた。ラメ入りで悪趣味だ。

「ちょっと冒険しようと思ったけど、これじゃあ昔のマジシャンね！　あはははははははははははッ――！　写真撮って良い？　ウケるー」

「撮るな！　そして笑いすぎだろ！」

「ミナトさんのギャグでエリカちゃんが初めて笑った！　やったね、ミナトさん！」

「おい！　俺の着替えをギャグって言うんじゃない！」

エリカが紺色のジャケットを持ってきた。白いワイシャツと、明るい色のタイトなパンツで組み合わせる。

「あれぇ、いけると思ったけどすんごい着せられてる感ね。表情が硬いのかな？　笑って、ミナトくん！　顔は悪くないのにムスッとしてたらもったいないわ！」

「弄《もてあそ》ばれているのに笑えるか！」

「笑えばお着替え終わるかもしれないのに笑わないのは、エリカちゃんに構ってほしいからなの？」

「真顔で言うなララ！　俺にだってプライドがある！　プライドが！」

次はカジュアルなセーターに、淡い色のコートを着させられた。いつものミナトなら絶対にしない格好だ。

「普通な感じだけど、清潔感もあっていいんじゃない？」

「普通な感じだけど、ララも好き！」

ミナトも任務ならカジュアルな格好もできる。しかしプライベートで着るとなると目眩《めまい》がした。これでは奇襲を受けて、一秒でも反応が遅れたら死んでしまう。不安だ。

「どうしたの？　しゃがみこんじゃって」

「頼む、エリカさん……。公安の呼び出しもあるから、外出してるときはいつものスーツ以外は着られない……。買うのなら、せめて部屋着とかにしてくれ……」

エリカは顎に人差し指をそえて、考える。

「うーん……、ごめん。ちょっと遊びすぎたかもね」

「ララ、いつもの服もカッコいいと思うよ！」

「言っとくけどお前の指摘、結構効いたぞ、ララ……」

「じゃあスウェットパンツとシャツを二セットくらいで勘弁してあげますか」

「……助かる」


やっと解放されたものの、支払いはミナトだ。ミナトのものだから当たり前だし、エリカが支払うと言ったらプライドが折れそうな気がするからいいのだが、なにか釈然としないものを感じた。ミナトはセーフハウスにいるときでもスーツ姿で構わなかったのだ。

スマートフォンで会計を終えて、部屋着の入った買い物袋を受け取る。

ようやく終わった。ララよりも時間はかかっていないはずなのに、疲労度は倍だ。

さっさと店を出ようとしたら、「あ」とエリカが立ち止まる。

「いつもの服を脱げないならワンポイント入れるのもありじゃない？」

そう言ってエリカは出入り口付近に並べられていた赤いマフラーを一つ取った。

エリカはスクールバッグと箒を床に置く。なにをするのかと思ったら、いきなり背伸びをして、ミナトの首に腕を回し、マフラーを巻き始めた。

服の入った袋で両手を塞《ふさ》がれたミナトは抵抗できない。

「ちょっと、ま——」

「もうすぐ寒くなるからこういうのもありでしょ」

息がかかりそうなくらいエリカの顔が近づく。綺麗《きれい》なエメラルドの瞳《ひとみ》と、瞳を縁取る長いまつげがよく見えた。なにか恥ずかしい気分になってミナトは顔をそむけた。

「どうしたの？」

「マ、マフラーは、格闘中に握られると弱点になる。身につけるつもりはない」

「そうなの？　公安って面倒くさいわね。ミナトくんにワンポイント作戦はまたの機会にするか……」

するすると首からマフラーが抜き取られ、エリカから解放される。

どっと疲れた。ララが攫《さら》われた日よりも、心身のストレスが溜《た》まっているかもしれない。

きっとこういうイベントに慣れてないせいだ。

ふと見ると、ミナトたちを見上げていたララが満面の笑みを浮かべていた。

「どうした、ララ?」

「ララはミナトさんとエリカちゃんが仲良しで嬉しいです!」

「ッ――!」ララの指摘に思わずミナトとエリカの目が合う。エリカが距離を取った。だいぶ近づいていたことにいま気づいたらしい。

「そういうんじゃないのよ、ララ! 全然違うんだからね!」

「エリカちゃん、ちょっとほっぺた赤いよ?」

「秋だからって暖房が効きすぎなのよ、ここ! あー、乾燥して喉《のど》が渇いたから、帰る前にカフェにでも寄ってきましょ!」

そう言ってエリカは、ミナトに顔を見られないようにしながら、ショッピングモールの五階へ向かった。

○

五階は飲食店が軒を連ねるフロアだ。

このフロアには壁が取り除かれ、オープンカフェが集まる一角がある。ミナトたちはそこにある、東フーゲン駅を見下ろせるカフェで休むことにした。

丸いテーブル席につく。見上げればオレンジ色の空が見えた。

エリカが東フーゲン駅に友達と遊びに来たら寄る店らしい。シーズン毎《ごと》のイベントと季節限定メニューが有名らしく、ＳＮＳを気にするエリカがよく利用するのもわかる。

注文をとったウェイターが、五分も建たずにドリンクを三つ持ってきて、ミナトたちの前に配膳して下がった。

「エリカさん、自分のは良かったのか？」

「ちゃんと頼んだじゃない」

エリカが、透明のカップを持ち上げる。薄茶色の液体に大量のホイップとキャラメルソースが乗っていた。甘い匂《にお》いが漂ってくる。

「そうじゃなくて服とかだ。俺とララしか買ってない」

「あと三時間かかるけどいい？」

「すまない、忘れてくれ」

冗談じゃないと思いつつ、ミナトは注文していたドリンクをストローで一口飲む。

疲れていたから炭酸グレープジュースを飲みたかったのだが、あれはカフェに卸している商品ではないのでクラフトコーラを頼んだ。代用品にはなりえないが、シナモンのスパイシーな味付けと、炭酸の刺激が喉に気持ちいい。

「ミナトくん、すました顔で注文したのがコーラって……」

「いつものグレープ味がないんだから仕方ないだろ」

「ひょっとしてコーヒー苦くて飲めない人？　まあ子供舌だと、コーヒー豆の深みがわかんないかなあー」

煽《あお》りながらも上品にエリカがカップの液体に口をつけた。

「キャラメルラテを飲んでる人に言われる筋合いはない」

「ララはココアだよ！　おいしーよ！」

「あーあーララってば、口にいっぱいココアがついてるわよ」

ララは子供用のカップに入ったココアを飲んで、ひげを作っていた。

エリカが使い捨てのおしぼりの封を開けて渡すと、ララが口を拭った。ちゃんと拭けたよ、というようにララはエリカに笑いかける。

ミナトは二人の様子を見ながらコーラをまた一口飲んだ。

風が吹いて、ララの椅子にくくりつけた風船が動いた。少し肌寒い。二人のようにホットの飲み物を頼まなかったのは失敗だったかもしれない。

「今日、楽しかったね！　ララお出かけしたの久しぶりだから嬉しかった！」

「ララはなにが一番楽しかった？」

「風船もらった！」

「あんだけお金出したのに、無料のものに負けるって、わたし……」

愕然《がくぜん》とするエリカだった。散々着替えさせられてララも飽きたのだろう。この結果も無理はない。

「エリカちゃんはなにが一番楽しかった？」

「わたし？　わたしは色々楽しかったから一番って言われるとなー」

エリカが意気揚々と考えていたら、ふとレジの近くでテイクアウトの商品を待っている客の会話が耳に入ってきた。

大学生くらいのカップルだ。

「テイクアウトは残念だなあ。パンケーキがへにゃへにゃになっちゃうよ」

「なに言ってるのよ。昨日のニュース見てないの？」

「ニュース？」

派手目な女性に、ぼんやりとした男性の方が聞き返す。

「そ、異能者原理主義のこわーいテロリストが市内を逃走してるかもしれないんだって」

「え？　あれって警察がやっつけたんじゃないの？」

「生き残りがいるかもしれないんだって！　ネットニュースのコメント欄で見たの！」

「うわーマジかよ。原理主義なら異能使えるんだろ」

「そう。異能者なんて差別する悪い奴《やつ》らばっかよ。出会ったらなにをされるかわからないわ」

「そうだよなあ、じゃあさっさとパンケーキ受け取って帰ろうぜ」

「ほんと異能者って迷惑。いなくなったほうが社会のためよ」

会話の内容に反してへらへら笑うカップルは、商品を受け取るとすぐに立ち去った。

大っぴらに異能者を嫌う連中が多くいるのはミナトも知っている。いつもならなんとも思わないミナトだが、いまは迷惑に感じた。

エリカが表情を失い、黙り込んでしまった。肩が震えている。膝の上で拳《こぶし》を握りしめて耐えているようだ。

重苦しい空気だ。

なにか別の話題を出したほうがいいのかとミナトですら考える。すぐに一言話そうとしたのだが、出遅れた。

エリカのただならぬ雰囲気に戸惑っていたララが先に口を開いたからだ。

「ねえエリカちゃん。ララって異能使えるんでしょ」

「……うん、父がそう言ってたわ」

エリカがぽつりと返す。

「じゃあララって悪い子なの？」

「っ……」

ララの純粋すぎる疑問に、椅子を弾《はじ》き飛ばす勢いでエリカが立ち上がった。

「違う、わたしは……！　わたしたちは！　生まれ持ったもののために善悪が決まるなんてそんなふざけた話があっちゃいけないわ！　異能だろうと魔術だろうと、そんなの使う人の意志次第！　良いことにだって絶対に……！」

感情が高ぶりすぎて、エリカの言葉はララに言い聞かせるようなものではなかった。

いままで見たことがないくらい真剣な顔で訴えるエリカに、ララは怯《ひる》んだ。

「エリカちゃん、お顔怖いよ……」

「あ……。ご、ごめん……」

エリカが、はっ、と表情を変える。崩れるように椅子に腰を下ろし、うなだれて、また黙り込んでしまう。

思うところがエリカにもあるのがわかるが、ララの問いには答えられてない気がした。

仕方がない。ララの役に立つかわからないがミナトの見解を伝えておこう。

「ララ」

「なに？」

呼ぶとララがこちらを向いた。

「ララが絶対に欲しい物を他の人が持っていたとするだろう。それを他の人から強引に奪うことができるなら、ララはやるか？」

「人から盗むってこと？」

「ああ。絶対に盗める。盗まれても相手はララを恐れて諦《あきら》める。ララは逮捕もされない」

ララはすぐ首を横に振った。

「やらない。おとーさん言ってた。人にされて嫌なことはしちゃ駄目って」

「じゃあララは良い子なんだよ。悪い子じゃない」

「そーなの？」

「ああ」

「……良かった！　えへへ！」

ララは安堵《あんど》したのか笑い返してくれた。

不思議な気分だった。こんな簡単な質問でララに対する任務の結果が変わるはずがない。

それなのにどこか安堵しているミナトがそこにいた。

ララが再びココアを飲み始めた。見守っていたら視線を感じた。

横目に見たら、エリカが目をぱちくりさせてミナトを見つめていた。

居心地が悪い。

「余計なことを言ったか？」

「ち、違う。ミナトくんがそういう話をしてくれる人とは思ってなくて驚いただけ……」

エリカがどういう感情を抱いているのかわからないが、これまでミナトをマイナス方面に評価していたのはニュアンスで伝わる。

「ご、ごめん！　変な空気にしちゃったよね。話を戻そ。ララ、さっきなんの話をしてたんだっけ？」

「今日一番楽しかったことだよー！」

「ああそうだったわね。そうね楽しかったことは色々あるけど……。──今日、楽しめたのは二人がわたしを怖がってないってわかったからかな……」

エリカは気まずいのか早口になる。

「ほら、映画とかで銃撃戦を見てもカッコいいくらいにしか思わないけど、実際に銃を使うところに遭遇すると怖いじゃない？　それと同じで、魔女の動画はネットで話題になるけど、リアルで披露したら怖がったり、なにもしてないのに犯罪者扱いする人もいるじゃない」

「まあ、そうだな……」

インフルエンサーとしてもてはやされる一方で、異能者をセーフティのついていない、取り外すこともできない凶器を持った化け物と考える人間もいる。テレビやインターネットで異能者の露出が増えるのに比例して、異能者アンチ、異能者差別の増加も問題視されている。

いま出くわした光景でもある。それにバス停でエリカを撮影していた通行人も、ポジティブな理由で写真を撮っていたのかもわからない。

「でも二人とも魔女のわたしに全然臆さないでものを言ってくれるし、わたしが近くにいても嫌な顔はしない。だからわたしも気兼ねなく楽しめたのかも」

　エリカは失敗したというように、視線をそらして、顔を手で扇《あお》ぎ始めた。

「ごめん、話変わってないわね……。折角楽しかったのに、なにやってるんだろう、わたし……」

　そういうのを気にするタイプだったのか。エリカがなにを考えていたかわかって、驚いた。ミナトは意識していなかったが、ミナトの態度はエリカの目には特別なものに映ったのかもしれない。

　しかしミナトが物怖《ものお》じしない理由は、きっとエリカが想像しているものとは違う。エリカが不安そうに見てきた。エリカが感じている非能力者との溝は、ミナトが思っているよりも深いのかもしれない。

　このまま黙って聞いているだけなのも悪いと思った。

「俺のほうが強い」

「ん？」

　エリカが小首を傾《かし》げた。うまく伝わらなかったようだ。補足する。

「大抵の魔女と異能者より俺のほうが強い。だから怖くない」

　エリカが目を丸くしたあと、吹き出した。

「あはは！　真面目《まじめ》な顔してなにそれ！　小学生か！」

「笑われるのは心外だ……」

エリカの笑いは止まらない。

ミナトに対しては挑戦的に笑うことが多かったのに、いまは素直な笑顔を向けられている気がした。だからなのか笑われても、悪い気はしなかった。

「ねえララ、いまのミナトくん見た？　ちょっとカッコつけてたのが面白かったよね！　これ今日の一番かも！」エリカが丸テーブルの隣に座るララに声をかけるが、「ララ？」

いつの間にかララは、別のテーブルをじっと見ていた。

「あのおじちゃん、お荷物忘れてる」

ララが指さす先に、一人の中年の男がいた。テーブル席から立ち上がり、コーヒーカップの横にチップを置いている。

小太りでパーマのかかった茶色い髪にビジネスカジュアル。打ち合わせ前に軽く休んでいる個人投資家といった印象の男だ。

中年の男は黒いリュックサックを椅子に置き去りにしたまま、立ち去ろうとしているようだ。

ララが座っていた椅子から飛び出した。

「教えてあげなきゃ！」

「おい、ララ！」

男のもとに向かうララを慌てて追いかける。

ララは中年男の前に立ち塞がり、「どうしたんだい、お嬢ちゃん？」とにこやかに疑問符を浮かべた男に対して、リュックサックを指し示した。

「おじちゃん、お荷物忘れてるよ！」

「ん？　――ほわああああああ⁉　しまったぁあああああああああっ！」

中年男は取り残されたリュックサックを見て大げさなまでに両手を上げた。

○

落ち着きを取り戻した中年男は早足でテーブルに戻り、文字通り胸をなでおろしてから、ララの側《そば》に立っていたミナトにうやうやしくお辞儀をした。

「いやー助かりました！　これがないと仕事にならないんですよねぇー！」

ずっと緊張しているのか、そういう癖《くせ》なのか、男はかちこちと機械みたいに動く。

「礼なら妹にしてください。俺はなにもしていない」

「はぅ！　そうだった！　……ありがとうねぇ、お嬢ちゃん！」

中年の男がララの顔を覗き込むと、ララはやって来たエリカの陰に隠れ、脚にしがみついていた。見知らぬ相手に自分から親切をした勢いはどこにいったのか――。

「どういたしマシテ……」

人見知りをしながら返事はしていた。

中年男は笑みを絶やさず、子供に接する大人な態度を崩さない。

「今日はお兄ちゃんとお姉ちゃんと買い物に来たのかな?」

「ララのお洋服、買ってくれた……」

「優しくて素敵なお兄ちゃんとお姉ちゃんだね!」

中年男に褒められて嬉しかったのか、ララが目をきらきらと輝かせた。

「うん! 最近、ララのおにーちゃんとおねーちゃんになってもらったの! ふたりとも優しいし面白い! ララ二人のいもーとになれて嬉しい!」

「ふふ、自慢のお兄ちゃんとお姉ちゃんなんだね。ワタシにも血のつながらない兄弟はたくさんいてね。気持ちはよく分かるよ」

「そうなんだ、大切な人がいっぱいいると幸せだよね!」

中年の男が遠くを見るように目を細める。

「うん。でもね、ワタシの兄弟は悪い人のせいで、もう会えなくなってしまったんだ……」

「そーなんだ。寂しいね」

「だからワタシは兄弟たちが安心できるように一人で仕事をがんばっているんだ。お嬢ちゃんのおかげで仕事が失敗せずに済みそうだよ。ありがとう」

「……お仕事ってなーに?」

「この国の未来を守る仕事だね!」

インフラ関係の仕事か、環境問題に取り組む企業に投資しているのか。そんな連想をしていたミナトの袖をララが「ねーねー」と引っ張った。しゃがんで視線を合わせる。

「おとーさんみたいな、お仕事をしてるのかな？」

「この人が？　違うんじゃないか」

「うーん、でも……」

ララが押し黙ってしまった。

中年男は身体の動かし方一つとっても素人《しろうと》に見える。警戒心がなく、隙《すき》だらけだ。身体を動かすのも得意そうには見えない。

ララが変な話をするから、男をじっと観察してしまい、怪訝《けげん》な顔を向けられる。

やれやれと立ち上がろうとして、ピタリと動きを止める。

しゃがんで視線が低くなったせいで男のジャケットの違和感に気づいた。裾《すそ》のシルエットがおかしい。

ミナトは表情を消して立ち上がる。

「あんたの仕事は銃が必要なのか？」

「え？　銃？　な、なんのことやら……」

ミナトは男に近づき、右手を男の顔に突きつけて指を鳴らす。

「っおわ」

男がミナトの指に気を取られている間に、左手で男の背中をまさぐった。男の腰に巻き付いたベルトにはやはりホルスターが下げられていた。そこから拳銃を抜き取って離れる。

「ええ⁉　なにそれ⁉」

一瞬にしてミナトの手に握られた銃を見て、エリカが驚いた。

「質の悪いコピー銃だ。テロリストやマフィアがよく使うやつ」

「じゃ、じゃあこの人って……」

「銃を誤魔化《ごまか》したなら警官でも軍人でもない。だったら少なくとも銃刀法違反の犯罪者だな」

見れば男の額に脂汗がぽつぽつと浮く。

「ま、待ってください！　それは精巧なモデルガンです！　銃オタなんですよ、ワタシ！」

「モデルガンに金属製パーツを使うのもこの国では違法だ」

触った感触は明らかに金属のものだ。精巧な金属風の塗装ではない。銃からマガジンを抜き取り、スライドを引いて装填されていた弾を捨てる。撃てないようにしてからテーブルに置く。

「まあ、これは本物の銃だけどな」

「こんな普通そうな人がマフィアなの……？」

エリカが言うと、男がジタバタ手を動かして否定する。

「違う！　違いますお嬢さん！　ワタシはけしてマフィアなどではありません！」

「じゃあテロリストだな」

「そんな滅相もない！　たしかに違法なものは持っていましたが、これは銃オタの行き過ぎた火遊びみたいなものです！」

「じゃあ確かめよう」

ミナトはスマートフォンを取り出し、男を撮影、すぐにチャットでセクター9に送信する。

「なにしたの？」エリカが聞いてきた。

「公安のＡＩに照会してもらう」

「公安？　照会？　……ってまさか⁉」

男が愕然《がくぜん》とするなか、五秒待つ。画面が動いた。

「返信が来た。……こいつはミゲル・テイラー。国際指名手配をされている異能者原理主義のテロリストだな。仲間たちと爆弾テロを四件実行してる」

「ち、違います！　なにかの間違いでしょう！」

ミナトのスマートフォンにプロフィールと顔写真が表示された男――ミゲルは絶叫。

エリカがスマートフォンを横から覗いてきた。

「うわー。特徴、テロ仲間を兄弟と呼んで団結してるって、怖っ。警察に通報しよう……」

「待って、早まらないで！」

「照合が一致した時点で通報は済ませてあるから必要ないぞ、エリカさん」

「そ、そんなぁ！　冤罪《えんざい》ですぅ！」

「テロリストがなに言ってるのよ！」

「だからテロリストじゃないんですって！」

「おじちゃん嘘《うそ》ついちゃだめだよ！　めっ！」

突如としてララが参戦した。

「ウソなんてついてませんよ！　これ以上テロリストと呼ぶなら怒りますよ！」

「お前の兄弟ともども、ただのテロリストだろうが」

ミナトがぼそっと言ったら、男の顔が瞬間的に真っ赤になった。

「ワタシは異能者の王国を築くため、無能な政府と戦う革命闘士なんですよぉ⁉　無能力者がするレッテル貼《は》りみたいに、ワタシをテロリストと呼ぶなあッ‼」

「それってテロリストだろ！」

「それってテロリストだわ！」

本人がどういうつもりにしろ完全にテロリストでしかない。ミナトとエリカの冷たい視線に、ミゲルは地団駄を踏み始めた。

「ぐぬぬ！　所詮は公安の犬！　政府の言うことしか聞けない猿ですね！」

「犬か猿か、どちらかにしたらどうだ？」

「くっ、そうやってバカにするなら後悔させてあげますよッ！　このワタシの力でなあ‼」

逆上したミゲルが恰幅《かっぷく》の良い身体を弾ませて後ろへ下がった。辺りにあった食器、テーブル、椅子、パラソル、観葉植物に、次々と手を触れていく。

「これは……」

その光景には驚かざるを得なかった。

ミゲルの触れたものが淡く輝き出すと、宙に浮き、ミゲルの周辺に漂い始めたのだ。

ジャグリングの途中で一時停止したみたいに、不可思議な光景だった。

騒ぎに気づいた他の客が、「異能者が暴れてるぞ！」「嫌！　巻き込まれるわ！」「警察を呼べ！」などと叫びながら逃げていく。

「ふはは！　どうです、公安の犬！　ワタシの大いなる力に度肝を抜かれたでしょう？」

「確かに良い力だ。昨日の大掃除で、その能力が使えれば楽だったろうな」

「減らず口を！　――ワタシの能力で滅多打ちにされたくなかったら、いまのうちに逃げたらどうです！　子供もいるし、見逃してやってもいいんですよぉ！」

「ミナトくん！」

エリカが怯えた声で呼ぶが、ミナトはララと後ろに下がるようにエリカを手で追いやる。視線はミゲルに向けて離さない。ミゲルが逆上しているなら、少し笑みを作ってやる。

「ふっ。これでも驚いているさ。ちなみにそのリュックサックには爆弾が入ってるんだよな？

あんたは爆弾テロで――」

「テロではありません！　正当なる闘争です！」

「……爆弾なんだな？」

「ハハ、そうです！　五分後に爆発するようにセットしてあります！　これを帰宅ラッシュ中の駅に置いて爆発させるのです！　そうすればバカな無能力者たちだって、わたしや兄弟たちを、化け物だと差別した罪に気付くはずです！」

セクター9が抱える問題に恒常的な人員不足が挙げられる。

過酷な活動内容から負傷や鬱で引退する暗殺者もいるし、他の部署より殉職も多い。

おかげで人手が足らず取り逃がしている異能犯罪者もいるわけだ。

どうしようもない話なのだが、それで市民の被害を見逃すのは冗談では済まされない。ここはミナトがやるしかない。

しかもエリカとララに暗殺者であることがばれないように、だ。

少し厄介な状況に頭を悩ませながら観察していると、エリカが前に出た。

「待ちなさい！　異能者が迫害されるのは、あんたみたいに異能を犯罪に使う人がいるからでしょ！」

エリカは怒りを顕《あら》わにしていた。なにがスイッチになったのか、とミナトも驚いてしまう。

責められたミゲルは激高した。

「違います、奴らは妬ましいのです！　神に選ばれた民であるこのワタシたちが！」

「他人より上だと思っているなら、人のために力を使いなさいよ！」

「無能力者に尽くす意味などありませぇん！」

「同じ人間でしょうが！」

「あなた、その制服は魔女ですよね！　魔女なら無能力者に嫌がらせを受けたことぐらいあるでしょう！　だったら選ばれし力で蒙昧《もうまい》な輩《やから》にわからせてやるのが、世のため人のためです！」

「違う！　わたしが魔術を学んだのはそんなくだらないことをするためじゃない！」

「くっ、魔女のくせに、無能力者に媚《こ》びへつらうのか⁉　不愉快です！　さっさとワタシの前から去りなさい！　でないと、ワタシの能力でぇ、攻撃しますッ――‼」

威嚇されてもエリカは負けなかった。スカートのホルスターから杖《つえ》を引き抜き、真っ直《す》ぐに構える。

「や、やれるものならやってみなさいよ！」

エリカは戦いに慣れていないが、いまのやりとりに譲れないものがあったらしい。震えた身体を律し、唇をきつく閉ざして、立ち向かおうとしている。

エリカを見直していた。勇気という言葉が頭をよぎった。なによりエリカがミゲルの注意を引いてくれたおかげで、気付いたことがあった。

ミゲルが浮かした物体が少し揺れたのだ。

ただ揺れたのではなく、椅子に縛っていたララの風船と同じように左右に揺れた。

つまり外から舞い込む風の影響を受けているのだ。

ミナトはエリカの肩に手を置いて、後ろへ下がらせた。

「相手をしなくていい。エリカさんが関わる価値もないやつだ」

「でも、異能で攻撃されたらわたしが防がないと！　そ、それにものを浮かせている能力が、もし重力操作だったら大変なことになるわ！」

「そんな大層なもんじゃない。こいつが声を裏返してまで必死に叫ぶのは、小さなウソを隠すためだ」

「ウソってなにが……？」

困惑するエリカから、ミゲルに向き直る。怒鳴りつけるだけで、臆病なやつだ。眼の前の男の息の根を止めるように、しっかりと言葉を発音する。

「あんたの異能。手で触れたものを風船みたいに浮かせるだけだろ？　攻撃能力なんてない」

ミゲルが氷のように固まった。確信があっての発言だったが、図星だったようだ。

「そっか！　殺傷能力のない異能だったから、見逃してやるってしつこく言ってたのね！　攻撃できないから！」

エリカが追撃した。

異能者だからといって、必ずしも攻撃的な能力を持っているとは限らない。

例えば世界には、砂糖を生み出す異能や、雨を降らす異能、電磁波を視認できる異能など、戦闘には役に立たない能力を持つものは多い。前にもエリカが言ったように、攻撃的な異能を持つ異能者は全体の三割ほどだ。

ミゲルが動揺を隠しきれずに、目を血走らせる。

「あなたは、なにを言っているんですが⁉　ワタシがこうして力を見せているというのに！」

「異能で攻撃できるなら、なぜ銃規制のある国でわざわざ銃を持つ？　爆弾を運んでテロをする？　異能でやればいいだろ」

「い、異能がばれると戦いにくくなるからです！」

ミゲルの主張は正しいが、自分の行動と発言が矛盾している。

こうも語るに落ちてくれると気分が良いくらいだ。

「確かに戦闘に慣れた異能者は自分の異能を明かさないようにする。……だから、あんたみたいに、異能を見せびらかして立ち尽くしたりしないんだよ」

ミナトは近くのテーブルからコーヒーの残ったカップを手に取り、ミゲルに投げつけた。

「ひあっ！」

褐色の液体が散らばると、ミゲルは目を瞑り、腕をクロスさせて顔を守る。

その間に、ミナトは姿勢を低くしながら肉薄し、ミゲルの背中に回り込む。

「くそっ、離れてください！」

ミゲルが右腕を振り回してくるが、ミナトは簡単に見切り、右腕を絡《から》め取る。人間に効くかわからないが、異能で浮かされたりすると厄介だ。ミゲルの右肩を外す。鈍い音がした。

「ひぎゃあ！」

ミナトが右腕を離すと、ミゲルの右腕はだらんと垂れ下がった。

すかさずミゲルの左腕をしめあげて、床に押し倒す。

のしかかる形で、ミゲルの左腕を拘束し、膝でミゲルの背中を押さえつける。ほんの少しも動けないように全力を込めた。

ミゲルは痛みに悶《もだ》えながら、勝ち目がないのを悟ったようだった。

段々と抵抗する力が弱くなっていく。

「くそぉ！　なんでこうなる、ワタシの人生！　異能者なのにろくな能力にも恵まれず、かといって無能力者として扱われない！　なにもかも上手《うま》くいかない！」

同情するつもりはない。犯罪者の泣き言など聞きたくもない。

それに、ものを浮かせる能力はミゲル本人が考えているより危険だ。もっと大量の爆弾を手に入れて狡猾《こうかつ》な手段をとれば街を一つ破壊できるかもしれない。

ここで捕まえられて良かった。

「おじさん、上手くいかないのは悪いことするからじゃないの？」

「何も知らない子供になんか説教されたくありません！」

ララの純粋な疑問に、ミゲルが絶叫した。

こんな状況でなければ、ミナトは笑っていたかもしれない。

「少なくともララはあんたより道理がわかっているよ」

「ぐぅッ！　公安の犬め！　一年前のあの屈辱は忘れてません！　我らが王となるべき異能者を、奪ったのは公安の犬だと聞いています！」

「異能者の王？」

「そうです！　異能者の救世主になると言われた子供のことです！」

一年前……、異能者……、救世主……。

思わぬ相手から思わぬ言葉を聞いて、ララを横目に見た。

あらゆる組織が狙っていたという異能者ララ。ミゲルはララを見ても反応しなかった。ララを知らないのか、それともミゲルの言う救世主は別人なのだろうか。

胸騒《むなさわ》ぎがする――。

ただし、ララについて問い詰めている時間はない。

「その話は今度ゆっくり聞かせてもらう」

ミナトはミゲルを拘束したまま、ミゲルの髪を掴み、頭を勢いよく床に叩《たた》きつけた。

「ふぎゃッ！」

顔面をセラミックタイルに打ち付けられたミゲルは、鼻血で床を濡《ぬ》らしながら意識を失った。

少しやりすぎたとミナトが思うくらいには力を込めたから、しばらくは立てないだろう。

ミゲルはこれでいいが、まだ終わってはいない。

ミナトはミゲルから離れ、椅子に置かれていたリュックサックをテーブルに置き直す。

「ば、爆弾なんでしょ、それ？　触っても大丈夫なの」

エリカが近寄ってきた。

「少しの揺れで爆発するならここまで運べないだろ」

「爆弾を解体するの？」

「封を開けたら爆発するタイプの爆弾かもしれないし、あの男の言葉が本当なら爆発まで残り二分もない。解体は無理だ」

「じゃあ避難ね！」

「ダメだ。このフロアは飲食店が多い。爆発で飛んだ爆弾の破片がガス管にでも当たれば大惨事になる。放置はできない」

「じゃあどうするの⁉」

「エリカさんはララを連れて避難しろ。逃げ遅れてるやつがいたら声をかけてくれ。爆弾は俺が人のいない場所で爆発させる」

「それってミナトくんが危険なんじゃないの!?」

「この程度の事件で死ぬつもりはない」

「エリカちゃん！　おとーさん言ってたよ！　ミナトさんはおとーさんの次くらいに頼りになるって！」

「でも……」

「師匠の次は余計だが、いまは信じてくれ」

一人で行動するなら生き残る方法はいくらでもある。

爆弾を映画さながらに解体する時間はないため手段は限られるものの、狭い場所に押し込んで威力を殺してもいい。スーツに忍ばせているワイヤーのガジェットを使ってショッピングモールの屋根の上に運んでもいい。

などと考えていたときだった。背後から衝撃が走る。

突如としてエリカが体当たりをしてきて、リュックサックを奪っていった。

「なにをするんだ、エリカさん！」

まったく笑えない油断だった。エリカが自分に攻撃的な行動をするとは思ってもみなかった。

エリカが爆弾を持っている姿に肝《きも》を冷やす。

「返せ！」と、手を伸ばす。

エリカはミナトを正面に捉えながら、真剣な顔で、後ろに下がっていく。

「ミナトくん。わ、わたし小学生のときに……、公園で同い年くらいの子たちの輪に入ろうとして石を投げられたことあるの。『あいつは魔女の子だ、危ない』って」

エリカが後ろ手に、テーブルに立て掛けていた箒を取る。

「わたしは魔術で人を傷つけるつもりなんてないから、悔しかった。能力を悪用する人のせいで無実の人まで差別されるのが許せなかった。……でも子供のわたしがそう言っても、誰も話を聞いてくれない。言葉は、話す人によって意味や受け止められ方が変わっちゃうんだもの」

エリカは続ける。

「だからわたしはスーパーゴッドインフルエンサー魔女になりたい！　わたしは人気者になって、魔女だって心を持った人間だってみんなに教えたい！　魔女や異能者と、非能力者の架け橋になりたいの！」

エリカがなにをするのか想像がついてミナトはゾッとした。それは公安であるミナトの役目だった。

「見ていて、わたしの覚悟を――！」

「よせ、エリカさん！」

「エリカちゃん、いかないで！」

ミナトとララの声を無視して、エリカは箒にまたがり、激しい重低音を響かせながら、空へと飛び立った。

エリカは誰もいない場所で爆弾を爆発させるつもりなのだ。

それは、もっとも被害が少なく済むであろう空。エリカにしかたどり着けない場所だ。

ぐんぐんとエリカが赤い空に、高度を増していき、小さくなっていく。

だめだ、やめろ――。

ミナトが届かぬ叫びを上げようとしたところで、爆発が起こった。

赤く染まった空に、より一層濃い赤が花開く。

○

なぜ命を賭《か》けるエリカを止めようとしたのか、ミナトはわからなかった。

エリカがララを守るのなら、ミナトにとってエリカはただの障害でしかないはずだ。

いなくなってくれた方が圧倒的にメリットがあり、喜ぶべきものだ。

それでも止めようとした理由を考えるなら、きっとエリカが異能者と非能力者の架け橋になりたいと言ったせいだ。異能による犯罪もなくなり、非能力者から異能者が特別なものとして扱われなくなったら、どんなにいいものかと思ってしまった。

そんな未来は幻想なんだろうと理性が告げているが――。

夕日も沈んで夜になったというのに、ミナトたちはいまだにショッピングモールにいた。警察が来てテロリストを連行。ショッピングモールは臨時休館。ミナトは状況を知る公安の人間として検証と聴取に付き合うしかなかった。

事件のあったカフェには警官が大勢集まり、他に凶器がないかと騒いでいる。

近くのベンチで待機していたミナトは、側《そば》からまくし立てられる小言に参っていた。

「あーあー！　あーあー！　なんで動画にとってないかなぁ、わたしの活躍ー！」

「あの状況でスマホを取り出して録画なんかするわけないだろ」

「わたしがスーパーゴッドインフルエンサー魔女になるって宣言したんだから動画撮る合図だってわかるでしょ、ふつーー！」

「絶対あんたの普通がズレてる」

「ミナトくんに普通を語ってほしくないんだけど！」

隣に座るエリカはずっと不機嫌な顔をしていた。

「それにしても、よく無事だったよな」

「そうね。『もうダメそう！』って怖くなったから空に爆弾を投げて、破片で怪我《けが》をしないように炎の壁を作ったの。破片は燃え尽きて、街にも落ちなかったでしょ」

なんのことはない。ミナトが見た夕日よりも赤い光はエリカの魔術によるものだ。普通の爆発とは違う色だと、冷静になっていたらすぐにわかるはずだった。

「良い判断だ」

「でも見てよ、制服が熱で焦げちゃった」

エリカが肩から被っていたブランケットを広げた。制服の肩やスカート、エリカの髪、頬《ほお》には煤《すす》けた黒い跡がついていた。おそらく破片の燃えカスを避けられなかったのだ。

平気な顔をしているがエリカの手は軽く火傷《やけど》していて、包帯が巻かれている。痛々しい。

「でもなあ、こんな苦労したのに、ミナトくんてば、撮影してくれなかったしなー」

「………悪かったよ」

「あ、素直に謝った！」

「これだけしつこく言われるなら、謝ったほうが楽だと思ったんだ」

「素直じゃなかった！」

素直な気持ちをぶつけたつもりだが、エリカは笑っていた。本気で怒ってはいないようだから、もう少しだけ話を聞いてみたくなる。

「あまり危険なことはするなよ。あんたがいなくなったらララが悲しむ」

「そうしたいけど魔女だから人助けはしないとね」

「普通の人間も守るのか？」

「うん。何百年前の魔女って、コミュニティの頼れる便利屋みたいなものだったの。魔術と、それをコントロールするために深い知識も持っていたから、医者と用心棒と科学者が混じった感じ。そうして街や村の人々を守っていたのよ。カッコいいでしょ？」

「まあ、そうだな。そういうやつが、いたらすごいと思うよ」

「まあいろいろあって魔女を含めた異能者と、非能力者に溝ができちゃったんだけど、わたしは昔のカッコいい魔女みたいになりたい。人の役に立てて、人気者なんて最高でしょ？」

「ふっ」

エリカが大げさに言うものだから吹き出しそうになった。ミナトの様子にエリカはふてくされた顔になる。

「きみもわたしの夢を笑うのね？　慣れっこだから別にいいけど」

「たしかにバカバカしいと思っている。でもエリカさんが夢をかなえるところは見てみたい。そういう未来が来たならきっと楽しいはずだ」

「あ、そ。素直に応援したいって言えばいいのに。ふん……」

エリカが顔をそむけた。夜風が寒いのか、プラチナピンクの髪からのぞく耳が、赤くなっていたのが気になった。

寒いなら中に入らせてもらおうか、と提案しようとしたとき、とっとっとっ、と小さな足音が迫ってきた。

「エリカちゃん……、ミナトさぁん……」

ララが現れた。

ララは警官に渡されたブランケットをマントのように被りながら、涙目だ。

さっきまで温かいバニラオレを親切そうな女性警官に奢《おご》ってもらい喜んでいたはずなのだが、なにかあったらしい。

「どうしたのララ?」

すんすんとララが鼻を鳴らす。

「ララの風船どこにもないから探してたの……」

「見つからなかったのか?」

ミナトが聴くと、

「ううん、あそこ」

ララは斜め上を指さした。

ショッピングモールの最上階は外壁に沿って鉄柵のような柱が並ぶ箇所がある。その鉄柵の下に黄色い風船が見えた。

「風に流されて紐が引っかかったのか。あれは取れないから諦めろ、ララ。今度来たときに、また貰《もら》えばいいだろ」

「……うん………」

ミナトが言うと、ララは間を開けながらうなずいた。回収が難しいのはわかっていたようだ。

そんなララの頭をエリカが優しく一度撫でて、ウインクする。

「諦める必要なんてないわよララ。ララのお姉ちゃんは、空を飛ぶのが得意な魔女よ！」

「ふわ！　とってきてくれるの？」

ララの笑顔が咲き、エリカがびしっとミナトを指さす。

「ミナトくん、今度こそ、動画撮っておいて！　妹の風船を箒で取りに行ってみたらこうなった、っていうタイトルで投稿するから！」

「はいはい……」

これ以上文句を言われるのは嫌だったから、スマートフォンを取り出し、録画モードでフレームにエリカを捉える。

エリカはブランケットを置き、手に取った箒にまたがり、夜空に浮かび上がっていく。

エリカの姿をカメラで追っていたミナトは眉をしかめる。暗くて映りの悪い映像の中に、映ったらまずいものが見えたからだ。

「エリカさん、撮影はやめたほうがいいんじゃないか。白いものが映ってるぞ」

「白いもの？　なにそれ？」

察しが悪いと思いつつ、エリカがバス停に来たときに気づかなかった自分も悪いのかとミナトは反省した。

「下着……」

「ん？　……いやいや見せパン穿《は》いてるから大丈夫よ」

「そうなのか？」

「うん。だって空飛ぶのに困るでしょ。まったく、変なところに注目するんだから」

「う……」

そう言われると恥ずかしい気分だ。気を使ったつもりでダメージを負ってしまう。

「今日だって学校で黒いパンツを……って白⁉　あぁああああああああああああああああああああああああっ！　遅刻しないように急いでたから穿き忘れてる‼　ど、ど、ど、ど、どうしよう⁉　なんでミナトくん、もっと早く言わないの！」

「無茶言うな」

エリカが騒いだせいで警官が「なんだ、なんだ」と見上げ始めた。エリカはいまさら降りられず、スカートを引っ張って下着を隠す。顔が真っ赤で、涙目だ。珍しいものを見た。

「くぅ、恥ずかしい目にあったんだからせめてララの風船だけでもー！」

エリカがぐんぐん上昇していく。

ミナトも、ララも、気付いた警察官たちも、エリカを目で追った。

師匠がララのもとにミナトだけではなく、エリカを呼んだ理由は、遺言を受け取る前にミナトがどこかで死んでいた場合のバックアップだと思っていた。

だけどなにかが違う。

何かが違うんじゃないかと思わせるものがエリカにはあった。
もしかして今日は疲労で判断がうまくいってないだけかもしれない。
ミナトがどうかしていて、信じたいだけかもしれない。
だからこの思いつきは胸の隅に追いやってしまった方がいい。
エリカが夜空に舞い、黄色い風船に腕を伸ばす。
火傷を負った細い指が風船の紐に届き、やったー、とララがジャンプした。

エリカ・フリューゲル

▶年齢　16歳
▶身長　162センチ
▶所属　コルドロン魔女学園高等部

“スーパーゴッドインフルエンサー魔女”を目指すJK魔女。お菓子と愛用の箒と褒められるのが好きで、カフェ巡りと動画撮影が趣味な現代っ子。名門フリューゲル家のお嬢様であり、同世代の魔女のなかではトップクラスの実力を誇る。

クールビューティーな外見とクレイジーな行動のギャップで隠れファンが多いが、本人はフォロワーがほぼ学園の友達なことを気にしている。

「はい注目！　今日、わたしたちが公園に来た理由がわかっている人はいますか⁉」

「はい！　はい！　ララが答える！　ララが答える！」

「どうぞ、ララ隊員！」

「楽しいから！」

「そうね、三人で遊べば、きっと楽しいわよね！」

「うん！」

「でも不正解！　ぶぶっー！」

「へなっ⁉」

　にこにこ答えていたララが目を丸くした。それから間違えたのを気に病んで、しゅん、と足元の芝生に視線を落とした。

「持ち上げて落とすのは意地が悪いな」

「落ち込む必要はないわララ、ミナトくんが教えてくれるわよ」

　スポーツバッグを担《かつ》いだ制服姿のエリカに話を振られた。なんでこの人が仕切っているんだろうという思いを心にとどめ、先週買った白とピンクのジャージを着たララを見る。

「体力のない子供の異能者は、脳がリミッターをかけて異能を使わせないようにしている場合がある。無意識に体力の消耗を避けているんだ。ララも体力をつければ、異能を自在に操《あやつ》れるようになるかもしれない」

「?」とララが首を傾《かし》げた。

「ミナトくん。それじゃあわかりにくいわよ」

エリカがララと視線の高さを合わせる。

「いいララ? ララは遊べば遊ぶほど異能が使えるようになるの。異能が使えるとどうなる?」

「エリカちゃんと同じ学校に通える! 魔女になれるかも!」

「その通り! だから今日はいっぱいがんばって遊ぶのよ!」

「ララ、がんばるよ!」

「その意気よララ! それに異能がわかんないと不便だからね! 保険にも入れないし!」

ミナトにとっても願ってもない申し出だった。

エリカいわく魔女の学校に入学するには異能を自覚している必要があり、そのための受験勉強の方法があるという。それが体力作りだ。

一朝一夕で体力はつかない。気の長い話になる。だが、ミナト自身もララを根気強く観察しようとしていたので、積極的に行動する分マシに思えたからエリカの案に乗った。

善意のエリカを騙《だま》している自覚はある。

暗殺者として余計な感傷に浸らないように気を引き締める。

一つだけ救いがあるなら、ララについて、いまはそれほど危険性を感じていない。

リミッターが存在しながら異能を使うのは、強い恐怖や、怒りの感情を抱くときだという。

しかしララはグリップスに誘拐されたとき、異能を使ったように見えなかった。

ララの異能は他者に影響を及ぼす可能性が低いというわけだ。

救世主という単語が引っかかるから結論は出せないが、少なくとも現時点ではミナトがララを暗殺することになる可能性は低いと考えていた。

とはいえ、どのみちララの異能については確認しなければならない。

楽観的に考えても、それだけは揺るがない。ララの異能が危険かどうか確かめて、あとはエリカに任せてミナトはララの前から消えれば良い。

一応、しばらく一緒に暮らしたのだから、師匠への義理立ては十分な気もしている。

少し都合よく考えすぎかもしれない。ただ、これ以上ララとエリカに振り回されたら心身が持たない気がした。


「ミナトさん！　はやく！　はやく！」

ララに急《せ》かされて顔を上げる。

ララとエリカがそれぞれ別方向にミナトから距離をとっていた。

ミナトは持っていたボールを芝生の上にバウンドさせてから、キャッチする。セーフハウスにあった、ララの頭より大きな青いゴムボールだ。

「悪い、いま投げる。ちゃんと受け止めろよ、ララ。——そらっ」

ミナトが投げたボールは急に前進したララの頭頂部に当たり、後ろに跳ねた。

子供相手だと、暗殺者といえど勝手が違う。ララの胸を狙《ねら》って軽く投げたつもりでも、ララはミナトの想定外に動いてしまった。

「ミナトくん、ひょっとしてボール遊びもしたことない？」

「いまのはララが動かなければキャッチできてたろ」

ララが取りこぼしたボールを持って、元の位置に駆け足で戻ってきた。頭にボールが当たっても痛くはないようだ。

「いくよ！　エリカちゃん！」

ララの投げたボールはエリカまで届かず地面に落ちた。そのままバウンドしたボールをエリカはキャッチする。

「よっし、ミナトくんには見本を見せてあげるとして……」

エリカが右手にボールを抱えたまま、左手でジャケットのポケットを弄《まさぐ》り始めた。

「エリカさん？」

「ボール遊びするララが可愛《かわい》いから記録に残しますか！」

「絶対にＳＮＳに上げるなよ」

「わかってますよーだ」

左手でスマートフォンを操りながら、右手でボールを構えるエリカ。

真面目《まじめ》にやれと言いたいが、言っても〝これがわたしの真面目だ〟と言いかねないのがエリカなので黙っておく。

「行くわよララ！」

エリカがカメラを気にして、硬い動きでボールを投げる。

青いゴムボールは風に流されて軌道がそれたものの悪いコントロールではない。ララでも取れると思いきや、カメラに気を取られたララはボールをスルー。カメラに向かって手を振り始めた。ボールはララの横にぽよんと落ちた。

「えへへ！　ララはいまキャッチボールしてます！」

「ダメよララ！　ボールはキャッチしないと！　自然体じゃないとバズんないんだから！」

「あんた絶対、ＳＮＳに上げるつもりだったろ！」

撮影されるのを喜ぶララは良いとしても、愕然《がくぜん》としているエリカには呆《あき》れたものだった。

それからしばらくボールを投げあって遊んでいた。

ララも慣れてくるとちゃんとボールを受け止め、投げ返してきた。だんだん力加減がわかってきたのか、バウンドせずにミナトやエリカにボールが届くようになった。

エリカからララへ、ララからミナトへ、ミナトからララへ、ララからエリカへ、ボールのパスを繰り返しているとララが「ララだけ忙しい！」と言い出した。

仕方ないのでミナトがエリカに投げると、ララを撮影していたエリカはボールをキャッチできずに顔面に直撃。謝っても顔を真っ赤にしながらやり返してきた。理不尽だった。スマートフォンを構えながらキャッチボールをしているやつが悪い。


一時間くらい遊んでから三人でベンチで休んだ。

ララはエリカが持ってきたミネラルウォーターを一生懸命に飲む。

この公園は遊具などはなく、あるのはベンチと樹木だけという渋すぎる場所だ。とにかく広く、人通りがまばらで警戒しやすい。ララを連れてくるには都合がいい。また来ようと考える。

ララとエリカがベンチから見える外の道路の光景に反応する。

「ワンちゃんだ！」

犬の散歩をしている中年女性が近くを通った。どう見ても無害なのでミナトはスルー。

「あ、ほんとだ。綺麗《きれい》な毛並みね」

「ワンちゃん吠えるからララ苦手！」

「まあ大きい音は怖いわよね」

「でも可愛いから見るのは好き！」

ララは犬とは別の方向を指さした。

「今度は猫ちゃんだ！」

「え？　どこ？」

「車を運転してるよ！」

「ええ、猫が運転!?　バズりの予感！」

バズりネタに期待してエリカが目を輝かせたが、すぐにその顔が落胆に変わる。

「……ってなんだ、着ぐるみね。どこかのイベント会社かしら」

ララが指さしたワンボックスカーは動物の着ぐるみで満員だった。信号待ちをしていて中がよく見えた。

「少し考えればわかるだろう」

「ふん。ミナトくんは夢を持ちなさい、夢を」

ミナトに指摘されたエリカはどこか恥ずかしそうにしていた。

「風船くれるかなあ？」

「風船を配る着ぐるみは結構レアなのよ」

「そーなんだ。みんな風船を配ればいいのに」

呑気《のんき》な空気だった。

緩やかで穏やかな公園で過ごす昼下がりの時間。ミナトですら油断してしまいそうだった。自分がここにいていいのかわからなくなる。暗殺者には場違いな気がする。

ミナトが自分を見失いかけていると、ジャケットのスマートフォンが鳴った。チャットの通知だ。すぐに取り出して内容を確認。現実に引き戻された気分になって立ち上がる。

「悪いけど今日は引き上げよう」

顔を引き締めたミナトを見て、エリカが怪訝そうに眉《まゆ》をひそめる。

「え、急にどうしたの？」

「上司の呼び出しだ」

公園からセーフハウスまで徒歩二十分。二人をセーフハウスまで送ってからミナトはセクター9本部まで急いだ。

○

地下鉄を乗り継いでフーゲンロット駅に移動した。

警察と公安局のお膝元《ひざもと》、フーゲンロットは治安の良い街であり、駅の階段を上がった時点で公安の本部が姿を現す。

上から見れば扇状に広がる真新しい白い建屋《たてや》に入り、慌ただしそうに出入りをしている他部署の人間を横目にエレベーターで地下へ向かう。

国家公安局特別警備部――通称セクター9は暗殺を主にする公安の暗部だ。公安でも本来の役目を知るものは少なく、普段は閑職として扱われ、資料室のある地下に追いやられている。

エレベーターを降りて廊下を進む。

埃《ほこり》一つ落ちていない白い床。辺りに満ちる独特なアルコール消毒の匂《にお》いがミナトの鼻をついた。セクター9の匂いだ。

ミナトが苦手とする匂いだった。

停電、火事、毒ガス――。地下という閉鎖空間では地上より、それらが致命傷になりやすい。ゆえに地下は異変を察知しやすいよう過剰なまでに清潔さを保たれている。

廊下の途中で網膜認証のゲートがあり、センサーに顔を当ててパスする。

ゲートから進んだすぐ突き当たりにある本部のドアを開く。実行部隊ではないデスクワーク組のオフィスを抜け、一番奥にある室長室のドアを三回ノックした。

慣れた相手だが、緊張していないと言えば嘘《うそ》になる。

「ミナトです」

『入ってくれ』

声が聞こえて、室長室に入室する。

室長室は白と黒で分けられたモノクロな空間だ。

立場のある公務員のオフィスというよりは、美術商でもやっている社長のデザイナーズオフィスといった風情をしている。

部屋の中央に杖《つえ》を支えに立っている男がいた。モノクロの空間に浮き出るような金髪。若々しい顔つき。

男は白い壁に掛けられたモニターを見ながら、眉をひそめていた。

「何を見ているんだ？」

幼い頃から知っている相手だ。敬語を使うと笑われるからいつも通りに話す。

「二日前に実行された異能テロリストグループの暗殺について検証しているんだよ。ちゃんと部下が仕事をしているのかなってね」

「あんたに逆らうのは師匠くらいだった」

「ふっ、たしかにそうだね」

モニターに映るのはスライドショーだ。任務の行われたビル。戦闘による被害。ターゲットの画像、そして射殺《しゃさつ》体が映った。

死体を見て〝まずいんじゃないのか〟とミナトが思っていたら案の定だった。男が壁の一部になったかように白い顔をしている。

「ミナト、ミナト。悪いが肩を貸してくれ。ゆ、油断した……」

「ああ？　死体が苦手ならなんで立ったまま映像を見たんだ⁉」

「うっぷ……単に銃で始末したと聞いてたから外傷は少ないと思っていたのに、まさかあんなバラバラなのは想像してなかった……」

ミナトが慌てて男に近づき、肩を抱くように手を伸ばした瞬間。

「くっ」

力の抜けた男の身体を、ミナトがギリギリで支えた。男はミナトより身長が少し高く細身だ。体重は大したことないが粗雑に扱えないから質《たち》が悪い。

男をデスクの白い椅子《いす》の前まで運んでやる。

「しっかりしてくれよ室長。昔は本当にすごかったのに……」

「すまない。暗殺者を引退してから、バイオレンスなものが一切《いっさい》ダメになってね。……貧血で、世界がメリーゴーランドのようだ……」

金髪の男――室長はデスクに手をついて、おぼつかない足取りで椅子に腰を下ろした、浅く背もたれにもたれかかっている。ずり落ちそうなくらい不安定だ。

なんとも弱々しく頼りない姿だが、ミナトはこの男が只者《ただもの》ではないと知っている。

仕立ての良いグレーのスーツ。柔らかな金髪に、微笑を浮かべているのに冷たい印象を受ける青い瞳《ひとみ》。顔や肌を見ていると二十代の若々しい男に感じるのだが、これでも師匠と同世代の四十代後半。

そして最強と呼ばれた師匠と肩を並べ、死神と称された暗殺者だった。

「なんで呼び出したか理由はわかっているね？」

「師匠の新しい遺言でも見つかったのか？」

大真面目な顔で話をはぐらかした。

室長は見透かしたように微笑を浮かべながら、やれやれとため息をつく。

「まだララという子を暗殺していないようだな」

変な声が漏《も》れそうになった。

やっぱり、というかそれ以外で呼び出される覚えがなかった。単純に仕事をしていないのだ。

まず間違いなくミナトの立場が危うい。

「……まあそうだな。言い訳のしようがない」

「なにか問題があったのかい？」

返答を間違えれば失望される。失脚する。喉元《のどもと》にナイフを突きつけられている気分だ。

「ララの異能を判断しかねている。一緒に暮らして様子を見ている状況だ」

「なるほど。たしかにターゲットの異能を調べ尽くす必要はある。他国の話だが放火の常習犯の異能者を処刑しようとしたら、燃料気化爆弾と同等の爆発《ばくはつ》を起こしたなんて事例がある。その異能者の能力は炎ではなく特殊な燃料を生み出す力だったわけだ。勘違いとは恐ろしい」

返答は無難だったが間違ってはいないはずだ。

「それにララには師匠の娘が護衛についている。俺《おれ》が手こずるレベルの腕前だ」

「お前がか？」

断じて嘘はついていない。エリカには手こずっている。

「だからもう少し時間をくれ……いや、下さい」

嘆願する立場で態度がでかいかもしれないと途中で言い直す。師匠が見ていたら笑うだろう。

ララと一緒に暮らし、セクター9を裏切らない。この矛盾する二つの条件を解消するには、ララの異能を確かめ、ララが危険じゃないと証明するしかない。

危険じゃなければララはセクター9のターゲットから外れる。

「ミナト。まさかとは思うが、ターゲットに愛着を持ったわけじゃないよな？」

「まさかだな」

一笑に付す。ミナトが立場を危うくしながら立ち回ろうとしているのは、あくまで暗殺者としてのプライドがあるからだ。受けたものはやり遂げる。

「ちなみにカインがララに愛着を持ったと思うか？」

「ん……あー、うーん……」

「目が泳いでいるぞ」

「師匠の考えることはわからない。俺の想像の斜め上をついてくる」

つい本心が出てしまった。苦しい言い訳に聞こえてそうで不安になったが、珍しく室長が顔をしかめて、うなずいた。

「まあそうだな」

お互いに師匠に迷惑をかけられてきた同士、通じ合うものがあるのかもしれない。

室長はデスクに肘を乗せ、手を合わせた。

「一年前、とある筋で救世主と呼称される子供の情報を得た。私はカインを調査に向かわせ、危険な異能者なら暗殺するよう指示した。……結果すぐに任務が終わったと報告が上がり、私は生まれ持った才能のせいで死んだ幼子に哀悼の意を捧《ささ》げた」

ミナトも知らなかった内容だった。現状とは矛盾する話だ。師匠の顔が思い浮かんだ。嫌な予感がする。

「ところがその晩、私のセーフハウスにカインが現れた。私が驚いたのはセキュリティが破られたことよりも、カインが死んだはずのララを抱きかかえながら『この子は俺の養子にする！』なんて宣言したからだ。――『やりやがったなコイツ！』と私は我を失いそうになった！」

室長が眉をひそめた。この男が怒りを顕《あら》わにするのは珍しい。ミナトも見るのは三年ぶりかもしれない。

室長は気を取り直すように咳払《せきばら》いした。

「しかしララの異能を確認するため一緒に暮らす必要があると言われたら却下もできない。危険と断定できないものを暗殺するのはセクター9の理念に反する。だから私は条件を出した。もしもがあった場合のプランBを用意すること。つまり弟子のお前に引き継ぎの準備をさせたのだよ。……どうしたミナト、そのしかめっ面は……」

ミナトは頭が痛かった。

遺言書にはそんな事情は書かれてなかった。五行しかなかった。クソ師匠が過ぎる。目眩《めまい》がした。ふらふらする。

ここに来て最大級の爆弾を発見した気分だ。

師匠がその状況でミナトにララの暗殺を指示しなかったのは、ララを殺すつもりがなかったということでしかない。つまりクソ師匠がどう考えてもセクター9を裏切っているわけだ。

「どうしたミナト？　遺言には暗殺を引き継ぐように書いてあったんだろ？」

「あ、ああ。まあな」

とっさに誤魔化《ごまか》したが大嘘だ。気分が重たくなる。

素直に白状してララを暗殺すべきと理性は告げる。しかし師匠が死んだと聞かされたときの、師匠の心残りくらい叶《かな》えてやりたいという気持ちが忌々《いまいま》しくも蘇《よみがえ》ってくる。

自分から任務を途中放棄するのも暗殺者としてのプライドが許さない。

なにもかもクソ師匠のせいだった。

「確認しとくが師匠もあんたもララの異能を知らないというわけだな？」

「カインの方はわからないが、少なくとも私は知らない。それにお前がこの前捕まえたテロリストも、尋問の結果ロクな情報を持っていなかったようだ」

ショッピングモールで捕まえたミゲルの尋問は終わったらしい。

「わかった。俺は引き続きララの異能を探るとしよう」

時間を掛けすぎれば、ミナトの行為が露呈。セクター9の不穏分子として粛清対象に加えられるかもしれない。それでも考える時間が欲しかった。

しかし無慈悲にも室長は言った。

「救世主の異能を確かめる方法はある」

「なんだと……！」

室長が素早く手元のタブレットを操作して、モニターの映像を切り替えた。

ミナトが知らない男の画像が映った。オールバックの赤髪で、常に苛立《いらだ》っていそうな印象の顔つき。皺《しわ》の印象から四十代くらいに見えたが、顔つきが悪いだけで、もう少し若いかもしれない。オレンジ色の派手なスーツを着ていた。

赤髪の男が部下らしき男たちを引き連れて歩く姿や、暴行を加える様子が隠し撮りで映っていた。暴行を受けた相手が血反吐《ちへど》を吐くと、室長が顔を青くした。

「ジョシュア・ランバート。彼は一年前の救世主争奪戦に参加したグリップスのボスだ。監視AIの盗聴網に引っかかった通話によると救世主の異能について知っているらしい」

ミナトにはおかしな話に聞こえた。

「こいつが？　グリップスのアスファルはララの異能を知らなかったはずだ」

「アスファルは組織の新参者で情報を共有されていなかったのだろう。それに不満を抱いて……救世主の異能を確かめようと……、彼は躍起《やっき》になっていた。……うう………」

ランバートが銃で他人を撃ち殺す映像が流れると、室長は椅子からずり落ちそうになった。呆れながら「大丈夫か」と尋ねたら、手を振って返事してきた。顔面蒼白《そうはく》の室長に対する脱力とプレッシャーで情緒がどうにかなりそうだ。結論をつけてさっさと部屋を出たい。

「じゃあランバートという男を捕らえればいいんだな」

「……ふう……。探すのに手間がかかるだろう。詳しくはサポートチームに聞いてくれ。追加の実行部隊は期待するな。カインの抜けた穴が塞《ふさ》げないんだ、許せ。——本件はグリップスの壊滅を最終目標とする」

グリップスは異能者を幹部に据えて大きくなった組織だ。セクター9の排除対象になる。

渦巻く感情と理性の整理はついていない。だが師匠の裏切りも、師匠をかばっている状態になっているミナトの背信行為も、ララがターゲットでなくなればなかったことになる。

ララの異能にワンチャンスをかけてみるしかない。

人生で一番厄介な状況に陥《おちい》っているが、いまは行動するしかない。

「ミナト、活躍を期待する」

落ち着きを取り戻した室長が杖を支えに立ち上がる。

「宵闇《よいやみ》に捧げよ」

「……宵闇に捧げよ」

セクター9が遥か昔――第九騎士団という名前だったときからある合言葉だ。師匠はダサいと嫌っていた。

室長が別れを告げるように右手を上げたので、ミナトは軽く会釈した。

穏やかに微笑《ほほえ》む室長を背に部屋を出る。心身を引き締めた。新たな任務を開始するとしよう。

○

「アスファルの身柄を押さえてから、リスト化されている百を超えるグリップスのメンバーがウチの監視AIで観測できなくなっちまった。一人もだ。つまりなんらかの方法で監視カメラから忽然《こつぜん》と姿を消したっつーわけだ。幽霊みたいにな、ひゅろろろぉ～」

というのがサポートチームにいる男の説明だった。ミナトの顔見知りで、実行部隊のミナトを後輩扱いして馴《な》れ馴《な》れしいやつだった。

男の話を要約すると、グリップスのメンバーが身を隠したのならどう探すか、ということだ。

マフィアと言えど収入源がないと組織は保てない。身を隠しても必ず商売をし、どこかで顧客とつながっている。

ミナトはグリップスと薬物の取引をした前科者の監視と、過去一ヶ月の行動を洗い出すよう、監視ＡＩにリクエストを送る。

さらにグリップスは異能者の人身売買も行っているため、グリップスのアジトと推定される建物から人気《ひとけ》のない——、つまり被害者が叫んだとしても不審がられない場所を優先で調査に向かうことにした。

サポートチームの男から「アジトの捜索は無駄骨になるかもな」と軽口が飛んできたが、目で直接見なければ、見つけられないものもあるはずだ。

そういう考え方をミナトに教えたのは師匠だった。間違ってはいないと思う。

とはいえ、公安の黒いバンで移動しながら首都にある推定アジト——、港湾地区にあるビル二軒を回ったがどちらももぬけの殻。廃墟《はいきょ》同然の有様だった。

この日はビルに盗聴器を仕掛けて、セーフハウスに戻ることにした。他のアジトは首都の外れにあり、回っていたら朝になる。休憩をとらなければいざというときに戦えない。


二十二時頃にセーフハウスに帰宅した。

ララはもう眠っているはずの時間だ。起こさぬよう静かにドアを開け閉めする。そのまま足音を殺してダイニングに進むと、テーブルについてスマートフォンをいじっていたエリカと目が合った。

　薄桃色のパジャマを着たエリカは目を大きく見開いて、「きゃあっ！」と悲鳴を上げた。

「ララが寝てる時間だろ。大声を出すなよ」

「き、きみのせいでしょうが！　気配がまるでしなかったわよ！」

「ララを起こさないように気を使っただけだ」

「気を使った？　気を使う場所が違うでしょうが」

「なにかおかしいか？」

　エリカは憤慨しながらも、声量を落とした。

「ララってばさっきまでミナトくんが帰ってくるのを待ってたのよ。眠いのにがんばって起きてたの。チャットを送っても全然既読もつかないし、心配したじゃない」

「待たれてるとは思わなかった。心配するほどのこともしていない」

　普段は一人で暮らしているものだから、同居人がミナトの帰りが遅いのをどう思うかは考えていなかった。配慮をしたつもりでも、二人には悪いことをした。特にララ。

「わ、わたしはララの睡眠時間が削れるのを心配しただけだから」

「他の心配があるのか？」

「……ないわよ」

　エリカがスマートフォンを片手に立ち上がった。もう寝るつもりなのだろう。

エリカはこちらを見ずに聞いてくる。

「それで、なんで帰りが遅かったの？」

「ララを誘拐したマフィアを覚えているか？」

「うん」

「あいつらの組織を潰《つぶ》すことになって、そのための調査をしている」

エリカが振り返り、近づいてきた。心配そうにしていた。

「ララを攫ったマフィアがなくなるなら安心できるけど、それってしばらくミナトくんが仕事に出かけたりするってことよね？」

「ああ、そうなるな」

「……じゃあ、どーする？」

「どうするって？」

エリカの疑問の正体がわからずにオウム返しをしてしまった。

エリカの強張《こわば》った表情から、この疑問の内容がただごとでないのはわかっていた。

○

翌朝。ダイニングでララは意気揚々としていた。

「ララ、一人でもだいじょーぶだよ！」

「ほんと？」

「うん！　おとーさんがお仕事いったときは、いつも一人でお留守番してたよ！」

エリカが心配していたのはララのお留守番だった。ミナトが調査に出かけ、エリカが学校に行くと、ララはセーフハウスで一人になってしまう。

笑顔のララに対して、エリカの額に小さな皺が寄る。

「うーん、やっぱり学校休もうかな、わたし……」

「師匠が使っていた見守り用の機器が使える、大丈夫だろ」

心配するエリカに、ミナトは言った。

リビングとダイニングとキッチンの天井《てんじょう》にはカメラが設置されていて、スマートフォンにアプリをインストールすれば部屋の映像を見られるようになっている。

またリビングのローチェストにはララがティッシュの空き箱で作った風船のお墓と並んで、充電スタンドに接続されたタブレットがある。昨夜のうちにミナトとエリカのチャットのＩＤを登録しておいた。ビデオ通話も可能だ。

「やっぱりミナトくん、公安辞めて日中ララとアニメ見るだけのニートにならない？　ララが大きくなるまで、わたしが養ってあげるから」

「ララが自立したあと、俺の人生どうなるんだ、それ」

「公安からニートになった特異な人生を面白《おもしろ》トークで切り売りする配信者ね」

「絶対に断る」

ミナトが断固辞退していたら、ララが、こっち見て、とぴょんぴょんアピールした。

「ララ、知らない人が来ても鍵《かぎ》開けない！　怪我《けが》しないようにソファの上には立たない！　危ないことが起きたらエリカちゃんに電話する！」

「うーん、でもなあ。ララだって寂《さび》しいでしょ？」

「サブスクでアニメ見れるから平気だよ？」

「ええ⁉　わたしたちの価値ってアニメと同等なの⁉」

「二人ともアニメより大切だよ。でもララはお仕事を邪魔するほど子供じゃないよ」

「な、なんか大人ね……」

「ララは二人に迷惑かけるほうが嫌だもん」

エリカは躊躇《ためら》いながらも、ララの意見を受け入れようとしていた。少し前に学園の中間試験が近いと言っていたのを覚えている。授業はなるべく出たいのだろう。

「ララを信じるしかないかな……。一時間おきに電話して、お昼休みに一回帰ってくるわ。ランチは一緒に食べるわよ」

「うん！　……ふあっ！」

エリカがしゃがんで、ぎゅーっとララを抱きしめた。ララは目を瞑《つむ》り、気持ちよさそうにしている。

「じゃあ行ってくるね」

「いってらっしゃい、エリカちゃん！」

エリカは名残惜しそうに、ララから離れていった。

それからなにを思ったのかララは、ミナトの前に来て、両手を上げた。

「ん！」

ララはミナトになにかをせがむようにしている。

黙って見ていたら「んー！　んー！」と、ララがぴょんぴょんしだした。

何を求められているのか一連の流れで察しはつくが、やりたくない。助けを求めてエリカを見ると〝さっさとハグしなさい〟とジェスチャーが飛んできた。

暗殺者はターゲットに余計な感傷を抱いてはいけない。しかし拒絶するのも不自然だ。

ミナトは覚悟を決めた。

「行ってくるよ、ララ。俺の帰りが遅くても待つ必要はないからな」

しゃがんで、ララの肩に手を当てた――。だけにした。

「うん……」

ララは最初こそ期待した目をしていたが、ミナトがそれ以上は歩み寄るつもりがないのを直感したのか、寂しそうにうなずいた。その表情には、なにか胸を締めつけるものがあった。

「……昼頃に電話する」

「ほんと？　ララ待ってるね！」

調査中にも電話をする時間くらいはある。思いつきでの提案だったが、ララが喜んでくれたのだから悪くない判断だった。

「まあ最初はどうかと思ったけど、ギリギリ及第点かな」

「人の気配りを採点するな」

エリカに言われながら、セーフハウスを出た。ミナトなりにはやったつもりだった。

○

セクター9の黒いバンでハイウェイに乗り、首都を出て一時間。

田舎町の食品加工所につく。

操業はされておらず、すでに廃工場といった感じの風情。前のオーナーが借金で首が回らなくなると権利がいろんな会社に渡り、いまはグリップスが所有するという噂《うわさ》の場所だ。

骨伝導のイヤホンをつけて、セクター9本部にいるサポートの男と通信する。

『近くに監視カメラがないから直近の人の出入りがわかんねーけど、狭い工場だからお前が気配を感じないなら潜伏してるわけねーと思うぞ』

たしかに人の気配は感じなかった。それでも閉ざされた門を乗り越えて、非常口から加工所に入る。捜査令状もないので、痕跡を残さないように注意を払った。

建屋の中は非常に埃《ほこり》っぽく、遠くからネズミの鳴き声が聞こえた。

「埃まみれの床に足跡らしきものが残っている」

『最近誰《だれ》か来たってわけか。足跡は撮影しとけ。靴のメーカーと、そいつの体格がわかる』

「無理だ。足跡は、一歩ずつモップで押しつぶしたようになっている」

『証拠を消してるわけか。超怪しいな……』

ミナトはそのままスタンプを押したように空白になっている足跡を追った。

「足跡は配電盤に続いていた。メインブレーカーのスイッチに埃が積もっていないから、電源を落としに来たようだ」

『そこを引き払う後始末に来たってところか？　間抜けなやつだが、一足遅かったな』

相槌《あいづち》をうってから加工所を去ることにした。盗聴器も仕掛けたが、期待はできない。

バンに戻って、深呼吸した。調査は根気強くやらなくてはならない。

休憩のつもりはなかったが、思い出したように運転席からララに電話を入れた。

五秒も経《た》たずに、ビデオ通話が始まった。スマートフォンの画面にララが映った。場所はダイニング。ララは椅子に座っている。

『あ、ミナトさんだ！　ララね、元気にお留守番してるよ！』

「なにかおかしなことはなかったか？」

『あったよ！』

「本当か!?　なにがあった!?」

背筋の凍る思いで身構えていたら、ララがくすくすと笑い出した。

『エリカちゃん、ぼーっとして学校で転んじゃったんだって！　ララが大丈夫？　って聞いたら、エリカちゃん、転ぶのを動画にできてたらバズったかも〜って言ってた！』

「なんだそんなことか……」

心配して損した。疲労感が溜《た》まる。

ふと、画面の中でララがよそ見をした。

『あ、エリカちゃん帰ってきた！』

『ただいま〜。ランチ買ってきたから食べましょ、ララ』

画面の端からエリカが現れた。手にぶらさげたビニール袋をテーブルに置く。

ララが話しているのに気づいて、エリカがタブレットを覗《のぞ》き込んでくる。額に絆創膏《ばんそうこう》がついていた。実に面白い。

『お、ちゃんと電話したのねミナトくん。感心、感心』

「怪我は大丈夫か、エリカさん？」

『え⁉　ちょっとララ、言っちゃったの⁉　恥ずかしいでしょうが！』

『にへへ！』

『可愛く笑ったってちょっとしか許してあげないからね！　ほらくらえ～！』

エリカがララを背後からこちょこちょくすぐった。ララはくすぐったそうに笑いながら手足をじたばたさせて悶《もだ》えていた。

なんとも平穏な映像だ。ミナトも任務の緊張感が薄れそうになってしまう。そろそろ通話を切ろうと考えていたら、エリカが手を止めてカメラを向いた。

『ミナトくん仕事は順調？』

「今日は成果がなさそうだ」

『成果がないってわかったのならきっと順調ね。ちなみに何時頃帰れる？』

「夕方には戻る」

『ああ良かった！　じゃあ牛乳買ってきて！　朝に見たらなくなってたんだけど、飲みきったのミナトくんでしょ？』

「……わかった。時間ないからそろそろ切るぞ」

『あっそ、じゃあよろしく、ミナトくん』

『またね、ミナトさん！』

これ以上余計な用事を頼まれても面倒だ。早々に通話を切り上げる。黒い画面に自分の顔が反射して気分が滅入《めい》った。

夜までかければさらに数件調査できそうだが、やめておく。グリップスの追跡はララの異能を確認するためだ。身柄を狙われているララから長く離れるのは避けるべきだ。

正直言うとやりにくい。セクター9の人員さえ足りていればミナトが捜査に出る必要などないというのに。

エリカもいてはくれるが、魔術を使えるだけの一般市民に過ぎない。護衛としてはノーカウントだ。

さっさとセーフハウスに戻ろう。エンジンをかけて車を発進させる。

セーフハウスの最寄り駅近くで営業をしている駐車場にバンを停《と》め、コンビニで牛乳を買って帰宅する。帰宅ラッシュに巻き込まれることもなく、宣言通り夕方には戻れて、小さな達成感があった。エリカに文句を言われたりもしないだろう。

玄関を開けた直後、パタパタパタと小さな足音が向かってくるのが聞こえた。

ララなら笑顔で迎えてくれる気がしたのだが、現れたララは随分と真剣な顔だった。

ララは勢いのままミナトの脚にしがみつき、頭を押し付けてきた。

「どうしたララ?」

ララが小さな声で返してきた。

「ミナトさんがおとーさんみたいに、しばらく帰ってこないかもって心配してた……」

「サブスクのアニメがあるから平気だったんじゃないのか？」

「いま見てるアニメ、主人公代わってからつまらないんだもん」

ララは寂しかったようだ。

ミナトは自分が子供の頃はどうだったか思い出していた。親がいた頃も、師匠との修行時代も、一人で家に残されても平気だった気がする。

それとも、やはりララみたいに強がっていただけかもしれない。

思い出せない。いまのミナトから遠い記憶だ。

わかっているのはララはこんな小さな身体でいつも我慢していたということだけだった。

「師匠が留守しているのに、俺までいなくなったらララも困るだろ？」

「うん……」

脚にしがみついたままのララの頭を、ミナトなりに優しく撫でた。

ミナトの手で触れてはいけないくらいララが繊細なものに感じた。

力ずくでどかすわけにもいかず、ララが満足するのを待っていたら、遅れてエリカが現れた。

「おかえり。お疲れ様ー」

「疲れるほど働いてない」

「あ、そ。ちなみに明日ってもうちょっと早く帰れる？　思いついたことがあるのよ」

「嫌な予感がするな……」

エリカは不敵にニヤリとしていた。面倒事を押し付けられる気がして、不安になった。

○

翌日は朝早くから出発していた。サポートの男には文句を言われたが無視した。

目的地はグリップスのフロント会社が所有するビル。セーフハウスから車で三時間の距離だ。

結論から言うと、ここでもミナトは空振りに終わった。

ネズミや害虫が住民になった廃ビルだった。とても人が潜伏できる衛生状態ではない。

すぐにバンに乗って引き返す。

ハイウェイを走行中にサポートの男と会話した。

「夜の調査を検討している」

『やめとけやめとけ！　夜の闇は潜伏している側に超有利だ。犯罪異能者がいる組織だ。待ち伏せされたら、いくらお前だってひとたまりもないぞ！』

昼間はララの護衛をして、エリカが帰った夜に調査に行くのが一番効率がいいのだが、否定された。思いつきを話さなければ良かったと後悔するくらいにサポートの男が正しい。

それに昼護衛、夜調査だと二十四時間フルに動くことになる。一日だけならともかく連日になると身体がもたない。

『今日はもう一件行くのか？　グリップスのアジトと推定される場所はあと四件だ』

「今日は帰るよ」

『まだ早い時間だぞ。俺はエナジードリンクをキメて気合い入れておいたのに……。それともなにか用事でもあるのか？』

「師匠の娘が料理をするんだとさ」

『はぁあああ⁉』

耳障りだったので骨伝導イヤホンの電源を落とした。


昨日と同じようにバンを駐車場に停め、待ち合わせ場所に移動した。

最寄りの地下鉄駅近くにあるスーパーマーケットだ。

緑の看板が目立つスーパーマーケットの入り口で、エリカとララが手をつないで待っていた。

エリカは制服姿。普段着のララは、顔が隠れるよう帽子をかぶっている。

近づいていくと、こちらに気付いたララが目を輝かした。

「今日はエリカちゃんがお料理作ってくれるんだって！　ララ、わくわくする！」

「いいな、わくわくできて……」

「ミナトくん、なんか乗り気じゃないわよね」

「SNSに載せるために作った変な料理を食わされるんだと思うと気が重い」

「バカね。確かにSNSは大事だけど今回の目的は違うわ。わたしは気づいたのよ。ララの体力作りには栄養満点の手料理が必要だとね。いっつもコンビニの同じ味しかしないサンドイッチや似たような味付けの冷凍食品じゃあ、栄養も偏って健やかな身体が育まれないわ!」

「それってあんたがいつもの飯に飽きただけだろ」

ララと会ってからずっとコンビニか冷凍食品、たまにハンバーガーといった食生活になっていた。お世辞にも良い栄養バランスとは言えないが、それが楽だった。

「あくまでララの異能を確かめるのが目的よ! それに料理って楽しそうでしょ? わたし一度やってみたかったのよね!」

「一度やってみたかったたって、一度もやったことないのか⁉」

「レシピ通りにやれば大抵のものは作れるんでしょ! 行くわよ、ララ!」

「うん!」

嫌な予感が増してきた。不安を抱えながら二人とともに店に入る。

このスーパーマーケットはこの地域に集中して展開するチェーン店だ。

値段も品揃《ぞろ》えも普通だが、大ハズレはない。ミナトの好きな炭酸も置いてある。

「ララ、なに食べたい?」

カートを押して店内を巡りながらエリカが聞いた。

「ララ、オムレツが好き！　おとーさんがよく作ってくれた！」

「オムレツ。オムレツの材料って…………ああ、卵ね」

「その妙な間《ま》が怖いな。材料を揃えなかったらレシピ通りには作れないんだぞ」

「ちょっと手順が違うくらいなら平気じゃない？　組み立て式の家具って、最後にネジが余るけど完成したりするでしょ」

「あれは予備のパーツだろ！　身体に取り込むものを家具と一緒にするな！」

「ふん。いまのは冗談だから。ちゃんとスマホでレシピ見ながら買いますよーだ。ちなみにミナトくんはなにか食べたいものある？」

「……まともなもの」

「バカね、ミナトくん。普通にしてれば、まともじゃないものなんてできないでしょ。でも普通だとつまらないし隠し味とかやってみたいわね」

「さっきからあんたの言うこと全部怖い」

　エリカがあれやこれやと作りたいものを提案して、買うものが増えていった。カゴが一つ満杯になり、別のカゴを持ってきたがそれも満杯にして、ようやくエリカが満足した。

　会計を済ませて袋詰めしたら、ビニール袋が七つになった。

　ミナトが四つ持ち、エリカが二つ。残りの一つは、お手伝いしたいというララに持たせた。

ララに渡したのは中身がパンしか入っていない軽いものだが、ララは地面に引きずらないように抱きかかえて運ぶ。がんばっている感じがいいのか、エリカがミナトに荷物を預けてララの写真を撮りだした。荷物が手に食い込む。早くしろとエリカを急かした。

エリカに荷物を返したあと、普段は使わないバスに乗ることを提案した。

荷物の重さが堪《こた》えたのかエリカも賛同し、バス停で待つ。

なんでこんなに荷物多いんだろとエリカがぼやいていた。

あんたのせいだろう、とさすがに指摘しようとしたところで、ふとララが歩道を指さした。

「あっ、猫ちゃんだ！」

「え、どこ?」

ララに釣られてエリカとミナトは周りを見た。

歩道の先に、黒いワゴン車に乗り込んでいる一団がいた。

「って着ぐるみじゃないの」

「ララ、風船配ってないか見てくる！」

「おいララ、待て！」

ララはパンの入ったビニール袋を抱きかかえたまま、動物を模した着ぐるみたちの元へと走っていく。道路に飛び出しそうで、ミナトは不安になり慌てて追いかける。

「ふわぁ！」

ララが着ぐるみの元へたどり着き、最後にワゴン車へ乗り込もうとした斑模様《まだら》の猫の着ぐるみに対して、目を見開く。

着ぐるみはララの声に反応して左右をキョロキョロ見ていたが、やがて下を見てララに気付くと、片手を素早く動かした。

『仕事前なんだ、あっち行け、シッシッ！』

「っ……」

低い男の声にララはきょとんとした。

最後の着ぐるみが乗り込むとワゴン車はララを置いて発進した。

「急に飛び出すなよララ。危ないだろ」

怪我をしないで良かったと思うミナトだったが、追いついてきたエリカは憤慨していた。

「なにあれ感じ悪ッ！　……ララ気にしちゃダメよ。ララは悪いことしてないんだからね」

硬直していたララが振り返る。

「猫ちゃんが喋《しゃべ》ったよ！　すごいね！」

「そっちかい！」

エリカがツッコんだ。

ララは着ぐるみを巨大な猫だと思っていたようだった。防犯のためにも、あとで着ぐるみには中の人がいることをララに教えておこうとミナトは思った。

○

セーフハウスに戻って、ダイニングのテーブルに食材を並べた。

肉、魚、野菜、豆、卵、パーティーでもできそうなくらいの品揃えだった。これだけ豪勢に買ったというのに、これから生ゴミに進化するのかもしれない。罪悪感がすごい。

エリカが制服の上にエプロンを装着し、髪をポニーテールに結った。〝家事とか完璧《かんぺき》にできます感〟を得意げに出しているのが癪《しゃく》だった。

見た目だけなら拝む人がいるんじゃないかと思うくらいの可愛さはあるのだが……。

「ちなみにミナトくんは料理できるの？　手伝ってほしいんだけど」

「昔、サバイバル技術として師匠から教わったけど、俺が借りてるアパートの前にはコンビニとケバブ屋がある。七年は料理なんてしていない」

「あんまり期待はできないわね」

「あんたよりはマシだと思う」

「あ、わたしが料理したことないの気にしてる？　これでもわたし料理上手《うま》いと思うのよね」

「その万能感はなにが根拠なんだ」

「実はね、お母様が忙しい人だから、子供の頃から屋敷にメイドさんがいたの。料理がすっごい上手でね。わたしに怪我をさせられないからお手伝いはさせてくれなかったけど、料理に興味があったわたしはよーく、その人の手さばきを観察してたわけなの」

「見取り稽古《けいこ》をしてたと言いたいのか。イメージと実際やるのは違うぞ」

「それにね、これでもわたし舌はいいのよ。良いものと悪いものを見極められる自信があるの。友達とやった利きカフェオレ対決で全問正解したのわたしだけだし」

「うーん」

エリカは魔女の名だたる家に生まれたお嬢様だ。質の良いものを食べて育ったのなら、舌は繊細だろう。味見こそ料理を上手《うま》く作るコツだなんてミナトに教えてくれたのは師匠だった。

期待はできるのかもしれない。

「あと魔女の伝統として薬品の調合授業があるんだけど、わたしって学年三位の成績なの。植物を煮立てたり、包丁で切ったり、木の皮を剝《む》いたり。これって料理に似てると思わない？」

「似たようなことは得意なのか」

少し考える。師匠から受けた料理の手ほどきを忘れたミナトより、エリカの方が伸びしろがあるんじゃないのか。秘めた才能というワンチャンスが目の前に存在する。

「……希望が見えてきた気がするな」

「でしょでしょ！　まあいきなり完璧とはいかないだろうけど、ミナトくんにも手伝ってもらえば成功率は上がるでしょ！」

「そうだな、やってみよう！」

エリカと暮らしてから初めて、自分たちの意思で同じ目標を抱けた気がする。無性にやる気が湧《わ》いてきた。ララがいまの会話に混ざってこなかったのは不思議だったが、気分が乗っていて気にはならなかった。

三十分後――。

「なんなのよさっきから！　茹《ゆ》でた芋《いも》はどろどろに溶けるし！　お肉は火が通ってないのに表面は焦《こ》げるし！　塩入れたスープはなんだか甘いし！　これでうまくいってるの⁉」

「どう見ても失敗だろ……。俺の見立てが甘かったか……」

少しでも期待した自分がバカだったのだとミナトは落ち込む。

「ど、どうしよう、ミナトくん！　ララに美味《おい》しい料理を食べさせるって約束したのに……。あの笑顔を裏切るならミナトくんと一緒に死んで詫《わ》びるしかない！」

「俺も巻き添えか……。でもエリカさん。死ぬぐらいなら、これを使わないか？」

ミナトはスマートフォンを取り出し、画面をエリカに見せた。多種多様な料理が画面いっぱいに広がっているアプリが表示されている。

「ふ、フードデリバリー!?　だ、だめよ！　フードデリバリーなんて堕落への片道切符よ！」

「オーガニック野菜のチキンサラダ……、収穫して十二時間以内に調理したトマトスープ……、一日に必要なビタミンを摂取できる温野菜の詰め合わせ……」

「くぅ……。わ、わたしたちの料理を食べさせるより遥かに身体に良さそう！」

　エリカが頭を抱えた。

「頼むしかないだろ、エリカさん」

「でも、手料理を食べさせたいのにぃ……！」

　ミナトたちが調理中の物体に名前をつけるなら〝炭とヘドロ〟だ。炭は肉だったもので、ヘドロは煮詰めた野菜だったものだ。

「俺たちのは料理じゃない、生ゴミだ！」

「ぐう！　選択肢がそもそもなかったのね……」

　ミナトがスマートフォンをかざし続けると、エリカが崩れ落ちそうになりながら、震える指を伸ばした。これは契約だ。自転車で料理を運び、人を堕落させる悪魔たちとの契約だ。

　エリカの指がメニューを開こうとした瞬間だった。

「エリカちゃん！　ミナトさん！」

　さっきから様子を見ていたララがキッチンに飛び込んできた。

「ど、ど、ど、どうしたのララ？　まだお料理はできてないわよ」

「あのね！　お芋は角を切ってラップに包んでレンジでチンするんだよ！　あとお肉はアルミホイルで巻いて焼くの！」

「な、なにを言って……」

「ララ、お父さんからお料理の仕方、教わったよ！」

「え？　そうなの？」

疑うエリカだったが、ミナトはララの言葉が嘘ではないと思っていた。

「師匠は料理が上手かったからな、教えることはできるだろう」

「父から料理を教わりながら役に立たなかった人が涼しい顔してる！」

「役立たずですまん……」

ミナトが小さく頭を下げる横で、ララがぴょんぴょんアピールした。

「ララ、お父さんがいないときは料理しちゃダメだけど、アドバイスはできるよ！」

「なるほど。だからずっと遠巻きに見てたのか」

「うん」

「父に一人でコンロを使っちゃだめって言われていたのかしら……」

ミナトの横でエリカは思案していた。

「ララ、一緒に料理しない？　わたしたちがいるなら父も怒らないわよ」

「ララも手伝っていいの⁉」

「もちろん！」

「えへへ！　ララ、三人でお料理してみたかった！」

やる気満々のララ。五歳児に頼るのはいかがなものかと思うミナトだったが、エリカと二人きりよりは断然マシな気がした。

さらに三十分後――。

ミナトたちはダイニングのテーブルに着き、並べられているものを眺めた。

エリカは満足げに何度もうなずいていた。

「ちゃんと料理ができた！　ララのおかげね！　ありがとう！」

「う、うん……」

褒めるエリカだが、ララは肩を落としてうつむいている。

「ララ、どうしたの？　料理ができたんだから喜ぶのよ！」

「だって、あんまりすごくない……」

ララの絞り出すような言葉に、エリカのわざとらしく浮かべていた笑顔がひきつった。

「な、何を言ってるのララ⁉　ちゃんと料理になってるでしょ⁉」

「……ララの言う通りだ。ここにあるのは料理っていうほど料理じゃない」

ミナトは二人の会話に思わず割り込んでしまった。

なにせ目の前に並べられているのは、ピーナッツバターを塗ったトーストとマッシュポテト、ゆで卵……。それだけだ。

減量中のスポーツマンだってもっとマシなものを食べている。

それでもエリカは食い下がる。

「どう見ても料理でしょ？　変な難癖《なんくせ》はやめるのよ」

「作るのは栄養満点の手料理だったはずだ。ほぼ炭水化物だろ」

「た、卵があるわ！　卵はあれよ！　完全栄養食なのよ！」

「俺が仕事を早く切り上げたのはゆで卵を食べるためだったのか……」

「ごめんなさい。ララね、難しいのは、おとーさんにこれから教わる予定なんだ……」

ララがしゅんとしてしまった。さしものミナトも慌てて訂正する。

「すまない。別にララを責めたかったわけじゃないいんだ。ただ謎《なぞ》の万能感をこじらせた魔女に反省してほしかったんだ」

「……うん」

「待てい！　なんで素直に謝ったように見せて、わたしを背中から撃つのかな⁉」

「おとーさんと一緒に料理したらもっとすごいのに……」

「うわぁあああ！　露骨にあの父と比べられたッ!!」

なにやらプライドが傷ついたらしいエリカは放っておく。

「師匠ほど手の込んだ料理にはならなかったけど、食えなくはないだろ。食べよう、ララ」

「うん。ララ、ゆで卵は自信あるよ」

ミナトは大皿に乗ったゆで卵を手に取り、塩をかけて食べた。

「美味しい？」

ララがおずおずと聞いてきた。

「ああ、中が少しとろっとしていて美味い。ララがゆで時間を教えてくれたおかげだ」

お世辞ではなく、卵の絶妙な茹で加減は師匠の料理を思い出させた。卵の茹で時間を決めたのはララだ。ララは師匠から教わったゆで卵の作り方を完璧に覚えていたようだ。

「えへへ良かった！　ララも食べる！」

ララがゆで卵に手を伸ばすと、喚《わめ》いていたはずのエリカが反応した。エリカも同じように卵を手に取る。

「美味しいの？　じゃあ、わたしも食べよ。ミナトくんが平気だったんだから大丈夫よね！」

「ッ……まさか俺を毒見に使ったな！」

○

一騒動のあと、卵と炭水化物だけの食事を終え、シャワーを浴びてから眠りについた。

ベッドがないのでミナトはリビングのソファで横になっている。師匠と同じ寝床を使っている問題はあるが、バスタオルをソファに敷いて難を逃れていた。

それよりも我慢できないことは別にある。いま着ている半袖《はんそで》のTシャツとスウェットのパンツだ。エリカにショッピングモールで買わされたものだが、非常に着心地がいい。

そのせいで自分の警戒心が溶けてなくなってしまいそうで落ち着かなかった。

暗いリビングにカーテンの隙間《すきま》から街灯の光が差し込む。

眠れないと無駄に考えてしまう。

ミナトは危険な異能者を暗殺する暗殺者だ。

師匠から託されたララが、本当に危険な存在だったら殺せるのか?

ララは師匠から料理を教わったり、大きくなったら武器をもらう約束をしたりしていた。

二人目の娘として、ララが独り立ちできる日を目指していた。

ダメだ――。と雑念を振り払う。

ララに余計な情けをかけてはいけない。もしララが危険な異能者で、未来で人を殺すのなら、見逃したミナトの責任になる。それはきっと償いきれるものじゃない。

ミナトはため息をついた。

明日も早いが、眠れないならどうしようもない。睡魔が襲ってくるまでソファに座って起きていようか判断を決めかねていたら、ひたひた、と小さな足音が近づいてくるのが聞こえた。寝たふりをして聞き耳を立てる。予想に反して小さな足音はトイレを通り過ぎ、一直線にミナトの眠るソファまでやってきた。

対応すべきだろう。起き上がろうとしたら、なにを思ったのかララが、ミナトにかかっているブランケットを勝手に半分剝《は》がし、中に入ろうとしてきた。ララの微弱な力によってミナトの身体が背もたれの方に押しやられていく。

慌てて起きる。

「どうしたララ、寝ぼけてるのか？」

「……ミナトさん寂しいと可哀想《かわいそう》だからララ一緒に寝てあげる」

「別に俺は寂しくない」

「ミナトさん寂しいんだもん」

「なんで俺の感情の決定権がお前にあるんだ？」

「寂しいもん……」

「……ララ？」

なにか様子がおかしい。

「おとーさん、ララが寂しくなったらソファで寝ていいって言ってたもん……」

ララがしゃくりあげた。

「お料理してたら、だんだんおとーさん思い出して、ララ寂しくなった……。おとーさん、いつ帰ってくるのぉ？　……うぅ……」

「それは……」

答えられるわけがない。

「うぅ……ひっぐ………ふぇえええええええええん――――！」

薄暗いリビングで、パジャマ姿のララが泣き出すのが見えた。

誘拐されても、テロリストの爆弾を前にしても、泣かなかったララが全力で泣いている。

焦った。それこそ師匠の遺言をもらったときよりミナトは動揺した。身体が強張り、額から嫌な汗が浮き出しそうだ。とにかくララを泣き止《や》ませなくては――。

「わかった、ララ！　ソファで寝たいなら寝ろ。俺は床で寝る！」

「やー！　ララ一人じゃ寂しい！」

「なら部屋に戻れ、エリカさんと一緒なら寝られるだろ？」

「エリカちゃんと、ミナトさんが一緒じゃないと嫌になった！　ふぇぇ……」

「ララの小さいベッドじゃ、三人は寝られない……」

ミナトは泣いた子供をあやしたことなんてない。いま思えばララは聞き分けが良い子だった。我慢していたものが爆発したのか。こんなことになって、ミナトも弱った。

どうしようか考えていたら、ふいにリビングに明かりがついた。

「ふわあー。どうしたの？」

エリカがリビングの照明スイッチに指をかけながら欠伸《あくび》をしている。天使に見えた。藁《わら》にもすがる思いで「実は――」と説明する。

「それじゃあ、こうしましょ」

焦るミナトとは裏腹に、事情を聞いたエリカはいとも容易《たやす》く解決策を提案した。

○

テーブルをどかしたリビングの床に、真新しいシーツが敷かれていた。

シーツの上にはセーフハウスにあるすべてのクッションが集められた。

さながら簡易の寝床だ。

ララを真ん中に、エリカとミナトの三人で横になった。

床は硬いが、それよりミナトはララが気になった。

ミナトたちの枕元《まくらもと》にはセーフハウスに元からあったバッテリー式のランタンが置かれた。

小さなオレンジ色の光がララの顔を優しく照らした。

ララはまだ涙目だが、もう嗚咽《おえつ》をもらすことはなかった。

「どうララ？　これなら寂しくないでしょ？」

「うん、落ち着く……」

エリカが優しく声をかけてララの額を撫でた。本当にお姉さんのようで感心した。ミナトにはできない芸当だ。

ララはエリカのパジャマと、ミナトのシャツをがっちり摑《つか》んでいる。

「ミナトくんが大きなベッドを早く買ってくれてれば硬い床じゃなかったのにね」

三人の生活はすぐ終わると思っていたから、ベッドを買いに行ったりはしなかった。

「あんただってベッドはまだだろ」

「わたしは買ってるわよ。海外から取り寄せるから届くのに時間がかかってるだけ」

「そうなのか。本当にお嬢様だ……」

ララがエリカの方に視線を向ける。

「大きなベッドあったらララたち、いつも三人で寝れる？」

「一人で寝られないとララが大人になれないわよ」

「そーなんだ……。ララ大人になりたい」

「でもたまになら一緒も良いけどね」

「ほんと？」

「ほんとよね、ミナトくん？」

「……ああ、たまにならな」

「じゃあ安心して大人になれるね、えへへ」

ララがようやく笑ってくれた。暗殺するかもしれない相手に余計な情をかけるのは褒められたものではないが、泣かれるよりはマシだった。

「ララね、大人になったら旅をしなさいっておとーさんに言われてるんだ。ララにしか視えないものがあるから、旅をして、ララが幸せになれる場所を探すんだって」

ララは天井を見ながら続ける。

「でもララは、おうちにいても幸せ。ララ、ちょっと前まで大切な人も、おうちもなかったけど、おとーさんがおとーさんになってくれて、ここをおうちにしていいよって言ってくれたの。ララ、世界で一番嬉しかった」

「そうか」

ミナトが相槌をうってやると、ララはちらりとこちらを見た。

「ミナトさんも昔はおうちなかったっておとーさん言ってた」

「そうだったの？」

エリカが聞いてきた。

他人に身の上を話すような趣味はないが、勘違いされたりするのは嫌だ。クソ師匠がララに話しているのなら、少しくらい打ち明けてもいいなと思ってしまった。

「別に恵まれなかったとかじゃない。両親が殺されたとき師匠に拾われた。それだけだ」

エリカが一拍置いてから、遠慮するように聞いてくる。

「それって犯罪に手を染めた異能者のせい？」

否定はしない。

「異能者に恨みはない。俺がいまの仕事をしているのは自由になりたいからだ」

「自由？」

「人生にはいろいろな選択肢があるはずだ。なのに犯罪に巻き込まれたら、誰かを恨んで生きるか、失ったものを想《おも》って悲嘆にくれるしかない。自由じゃなくなる。俺は師匠みたいに強くなって、それを乗り越えたい。自分が思ったように自由に生きてやる」

エリカは返事をしなかった。

しなくてもいい話をしてしまったかも、と後悔した。案の定、ララの興味を引かない話だったようで、ララはうとうとし始めた。

半分、夢の世界にいるララの小さな手が、ミナトを摑んで離さない。引き剝がそうとすれば簡単に剝がせるのだが、そうする気にはなれなかった。

ふとエリカが体勢を替え、こちらに顔を向けてきた。化粧もしてないはずなのに息を吞《の》むほど綺麗な微笑を浮かべていた。

「じゃあララにも自由に生きてほしいよね」

今度はミナトが答えられなかった。

○

朝になったらエリカに叩《たた》き起こされた。

他人の側《そば》では寝ないようにしていたのに、いつの間にか眠りについてしまったようだ。自分が情けなくなるような油断だ。

「ねーミナトくん。ミナトくんの仕事手伝ったあげようか?」

からかうのも大概にしろ、と言おうとしたがエリカは大真面目なようだった。

着替えを済ませたあと、ダイニングのテーブルに誘われて席についた。

「大昔の魔女は知識人として人々の相談に乗っていたんだけど、特に多い相談は恋愛とか仕事、失《う》せもの探しだったのね。でも、いくら魔女だって未来までは見通せないわけでしょ?」

「まあそうだな」

「そこで昔の偉い魔女はひらめいた! 複雑な統計をもとにあらゆるものごとの成功率を算出して、高い方に人々を導いてやろうってね!」

「データをもとにした予測か……。占いみたいなものだな?」

「そう、その通り! 古代の魔女には人々が素手で麦を刈ってた頃から統計学の発想があったの！　そして生まれたのがこの魔女占い！」

そう言ってエリカはカードの束《たば》を取り出して、テーブルに並べ始めた。

カードは合計三十二枚。動物の絵が描かれたカードが十二枚、植物の絵が描かれたカードが二十枚という内訳だ。

どのカードも素人が描いたような下手くそな絵なのが気になった。伝統の占いと言うならもっと格式があるものじゃないのか？

「なんか手作り感が半端《はんぱ》ないいんだが……」

「可愛いでしょ。わたしがタブレットで描いたのをプリントしたのよ」

「一気に胡散臭《うさんくさ》くなったな」

「ミナトくんはこの良さがわかる領域に達してないのね」

「どこからその自信が湧いてくるんだ」

「無駄話は置いといて、占いを始めるわ。ミナトくんの仕事がうまくいく秘訣《ひけつ》を見つけるのよ。まずきみの誕生日の数字が書かれたカードを選んでくれる？」

見れば動物のカードは十二までの数字。植物のカードには十までの数字が二枚ずつ書かれている。

「断る。個人情報だ」

「それじゃあ占いが始まらないでしょうが！　誕生日よ、たかが誕生日！　誕生日がわたしに知れたくらいでなにができるっていうのよ！」

ミナトはため息をついた。

「占いに付き合ったら解放してくれるんだろうな？」

「もちろん。さあカードを指さして。誕生日の月は動物のカード、日は植物のカードね」

ミナトは並べられたカードから三枚のカードを指さす。

するとエリカはミナトが指さしたカードをひっくり返し、カードを集めて束にした。一見脈絡のない手さばきで山札を作り、分けて、シャッフルしていく。

そしてミナトの選んだカードが上になるように三つの山札を並べる。最後に一枚だけテーブルにカードが余った。エリカはそのカードをめくる。

「占い結果が出たわ！」

「早くしてくれ、支度《したく》をしたい」

「これはペンギンのカード！　つまりミナトくんのお仕事はあえて家族といると上手くいくでしょう！」

「あんた、俺をララとアニメを見るニートにするのを諦《あきら》めてなかったのかよ！」

「え、違うわ、これ本当にちゃんと占ったのよ！　五十二パーセントの確率で当たる魔女のカード占いなのよ⁉」

「なんだその微妙な数字は！　信じるに値しないだろ！」

「でも確率が勝ち越してるじゃない！」

「……そもそも占いの結果は守れない。俺には家族がいない」

「え？」エリカが不思議そうにしてから「ねえねえ」と呼びかける。

見ると、エリカはまだ寝ているララを何度か指さし、さらに自分自身も指さした。ミナトが意味を察するとエリカはニヤリと笑った。

なんて居心地の悪い光景だ。

「……恥ずかしくないのか？」

「ちょ、ちょっとね……」

仕事に行ったほうがマシだと思って、ミナトは立ち上がった。


エリカの占いが終わってからミナトはセクター9本部に向かった。

室長から現状の報告をしろと連絡が来たからだ。

入手した情報は定期的にセクター9のサーバーにアップしているはずなので鬱陶しく感じたが、死神と呼ばれた伝説の元暗殺者の一人に顔を見せろと言われれば無視はできない。

サポートの男は監視ＡＩによる調査の中間報告が来ていると言っていたので、二つの用事が済ませられると前向きに考えた。

白と黒にあふれる室長室。

デスクに着く室長に、モニターの脇《わき》に立つミナトとサポートの男が報告をした。

「先日調査したアジトは腐ったシナモンの匂いがした。薬物の倉庫だったんだろうが、すでに引っ越したあとだ。監視ＡＩも周辺のカメラ映像から異変を探知できなかった」

「一足遅かったわけだ。……きみの報告は？」

室長がサポートの男に声をかける。いつも軽口を言う男でも、さっきから緊張を隠せていなかった。室長は師匠と並んで裏の世界では伝説的な人間だ。敬意や畏怖を抱く人間は多い。

「監視ＡＩにグリップスと取引をした前科者を見張らせておきました。結果、一人だけグリップスの売人が根城にしていたバーに向かった女がいて、警察に依頼して取り調べをしてもらいました。どうもおかしなことを供述しているとか……」

「おかしなこと？」

「はい。女は売人がいなかったから噂で聞いていたグリップスのアジトに行ったらしいんですが、そこで大きな耳をした背の高いマッチョたちが踊るように荷物を運び出していたとか……」

「ふっ、マッチョ？　その彼女はマッチョたちの顔は見たのかい？」

室長が聞く。

「いいえ、逆光で見えなかったとか。でもその女は典型的な薬の中毒者のようで幻覚を見ている可能性もあります。すみません、こんな報告しかできなくて……」

「まだ時間が必要だということだろう。私も街を移動するときは気にかけているが、さすがに運良くグリップスの構成員を見かけるなんてことはなかったな」

　サポートの男が目を見開く。

「気にかけてるって、リストを確認しながら歩いているんですか？」

「まさか。現役《げんえき》を退いたとは言え百人程度の顔ぐらいすぐ覚えられるものさ」

「すげえ！　さすが室長！」

「暗殺者なら記憶力は良くないとね。ミナトも記憶しているだろう」

「まあな」

　肯定する。さすがに一時間はかかったが顔が判明しているグリップスの構成員の人相は調査初日にすべて記憶している。

「マジかよ」

　サポートの男が驚愕《きょうがく》していると、室長が杖を頼りに立ち上がって咳払い。

「大都会で百人以上の構成員が忽然と姿を消すのはありえない。街中の監視カメラを手中に収めている我々の目を欺くならトリックがあったはずだ。トリックがあるなら、なんらかの証拠が存在する。それを見つけたまえ、以上だ」

「はい！　失礼します！」

　サポートの男は緊張し続けたまま礼をして退出した。

子供の頃から室長を知るミナトは、侮られたくなくて自然体でいようとする。

サポートの男に続いて軽く会釈をして退出しようとしたミナトは、室長に声をかけられた。

「待ちなさいミナト。お前には伝えたいことがある」

来るとは思っていた。チャットや電話回線を介さずに伝えたいことがあるから、わざわざ室長はミナトを呼び出したのだ。

「お前は異能の禁忌とされる三つの要素を知っているか？」

「話が変わったな」

「セクター9の暗殺者にとってもっとも憂慮すべき存在の話だ」

もちろん禁忌には心当たりがあった。師匠に教えられている。

「伝説と言われる希少な異能のことだろ？　扱える異能者はしばらく現れていないとか……」

室長は厳かにうなずいた。妙なプレッシャーを感じた。

「〝精神〟、〝重力〟、〝時間〟。この三つの要素を含む異能は災厄をもたらす禁忌だ。精神は社会を破壊し、重力は地球を破壊し、時間は法則を破壊する。どれもがこの世界の在り方を根底から覆してしまうものだ」

「想像ができないな。戦闘訓練を受けた異能者の戦闘力でも、フル装備の兵士一個小隊分だと言われているだろ。そんな大げさなものじゃない」

「禁忌は別だ。五百年前に重力を操る異能者がこの世界に現れた。彼女は余りある力を暴走させ、地球の地軸をずらした。結果、我らが前身である組織が、彼女を屈服させるまでの五年間、この世界には春と秋という季節がなくなり、地獄のような異常気象が各地で起こった」

信じられないような話だが、室長がいまこの昔話をする意味を考えた。

「ララがそうだと言いたいのか？」

「わからない。だがこの三つのいずれかを有する異能者を、セクター9は必ず殺す。それだけは忘れないでくれ」

室長の冷たい瞳は現役のミナトを怯《ひる》ませるような迫力があった。左足を負傷して現役を退いたとは言え、ミナトが戦って勝てるかどうかはわからない。

「カインが死に、私もこのザマ。いまのセクター9を支えるのはお前のような若く才能のある暗殺者だよ」

「初めてあんたに褒められた気がするな」

「厳しい方が好きだったかい？」

「なにか企《たくら》んでいるのか？」

「普段は言葉にしないが、それだけ私も期待しているのだよ。どうかセクター9の暗殺者として、正しく役目を果たせ」

師匠と並ぶ元暗殺者に褒められたからといって浮かれるほどミナトは単純ではない。

室長がミナトの退路を断ちたがっているのはわかっていた。師匠が死んでセクター9にも人的な余裕がないはずだ。

どのみち、暗殺者であることを一度選んだ以上、それ以外の道はミナトにはない。

「わかっている。いまさらやめられるものか」

「返事が良くて助かるな。宵闇に捧げよ」

「宵闇に捧げよ」

室長が軽く右手を上げたので、ミナトは言葉を返す。

○

公安本部からセーフハウスへ戻ると、ララが何かを期待した顔で出迎えてくれた。遅れて現れたエリカが説明してくれた。なんのことはない。『早く帰れたのだから公園に行こう』というだけだ。

断れば怪しまれる気がして素直に従った。

数日前に三人で来た公園に再び訪れ、芝生に陣取る。

今回はミナトとララでキャッチボールをした。エリカはSNSには上げないからと約束してララの撮影に回った。

普段と同じ態度でララとボールのやり取りをしている間、ミナトの心はざわついていた。

　室長はララが本当に特別な力を持つ異能者だと考えているようだ。まだミナトに話していないような確信があるのかもしれない。

　ララは危険な異能者かもしれない。そう考えていたら脳裏にララとの記憶がよぎる。

　ボールを楽しそうに投げる、ただの子供。

　父親が恋しくて泣いていた、寂しがり屋の子供。

　自分を殺すべきか考えている暗殺者を頼りにしている哀れな子供。

　そしてミナトの血のつながらない――。

〝俺は、ララと一緒にいて普通の人間になったつもりなのか？〟

　愕然とした。

　暗殺者として最悪な思考だ。ターゲットと自分のつながりを考えるなんてどうかしてる。

〝何を考えているんだ、ミナト・セルジュ〟

　奥歯を嚙《か》み締《し》めて、自問自答する。

　そうして力んでしまったからなのか、狙いを外した。ララに投げたボールは大きな弧を描いてララの頭上を通り過ぎてから落下。ころころ転がりながらララから離れていく。

「あー、ミナトくん、暴投。珍しいわね」

「悪い、ララ！」

「どんまい、どんまい！　ララ、取ってくるね！」

ララがボールのあとを追いかける。

子供の走り方はバランスが悪く、いつ見ても危なっかしい。

ボールは木にぶつかり方向を変える。

「ミナトくん。さっきから上の空だけど考え事でもしてる？　仕事が上手くいってないとか……」

エリカがスマートフォンのフォトアルバムを整理しながら聞いてきた。その内容を片手間に聞かれるのは少し腹が立つ。

「うまく行ってないのがわかっているから順調だ」

「そう。仕事中もわたしたちのことを考えて、集中できないとかじゃないといいけど」

「どこから指摘すればいいのかわからない話をするな。仕事中も、って普段もずっとあんたたちのことを考えてるみたいじゃないか」

「考えてないの!?　嘘でしょ!?」

「なぜ異様に驚くんだ！」

「家に帰ったらＪＫと可愛い妹がいるんだから嬉《うれ》しくて考えちゃうもんじゃないの？」

自信満々に言うエリカの万能感はひとまず置いておく。嬉しかろうが、嬉しくなかろうが、ミナトにとってこの生活はもう長くは続かないとわかっていた。

「いまの仕事が片付いたら俺はあんたの前から消えることになるだろう」

グリップスのボス、ランバートを捕まえればララの異能がわかる。そうすれば速やかにララを暗殺するか、そのまま別れるか、決断しなければならない。

「そんなの聞いてないけど？」

「いま初めて言ったからな」

「あ！　もしかして恋人ができたの？　それで女の子二人と同居してたらまずいとか」

「そんなんじゃない」

「おかしいわね。こんな美味しい生活をやめる理由なんて他にはないでしょ」

「公安の任務に関《かか》わる。どうしようもない」

「なにそれ、立場で自分の人生決めるの？　そんなのきみの言う自由と程遠いじゃない」

「責任を無視するのは自由とは言わない。ただの身勝手だ」

エリカがつまらなそうにそっぽを向いた。

「最近は三人の暮らしも自然に楽しめるようになってきたから、きみも同じだと思ってたんだけどな」

「それは……」

自然かどうかはわからないが、面倒で、億劫《おっくう》で、気が乗らないと思っていたはずの生活に疲れなくなっているのは確かだった。

でもそれを認めてしまったら暗殺者ではなくなってしまう気がした。

　黙っていたらララが芝生でボールを拾うのが見えた。

なにをそんなに時間がかかっているのかと思いきや、近くに散歩中の大型犬がいた。吠《ほ》えられるのが怖くて、犬が去るのを待っていたようだ。

「ボールを捕まえたよ！」

ララがボールをトロフィーみたいに頭上へ掲げ、走ってくる。大人に比べて子供は頭が大きくバランスが悪い。そんな走り方をしたら危ないだろと声をかけようとした次の瞬間。

「ふにゃっ！」

ララが芝生に滑って転んだ。

「あー、あー、ララ、大丈夫？」

エリカとともに転んだララのもとに行く。

突っ伏していたララはむくりと顔を上げ、ミナトはララの脇に手を入れ立ち上がらせる。

ララの身体を下から上に見る。

白とピンクのジャージは無残にも茶色と緑に汚れ、ララは唇をぎゅっと尖《とが》らせ、涙目だ。

「ララ、痛いところはあるか？」

「……ん」

ララはおずおずと土のついた右手を差し出してきた。

ミナトが包み込むようにララの右手に触れて手首をなぞると――、

「ぴゃあッ！」

ララが、びくっ、と肩を強張らせた。

「右手をひねったな……」

「あちゃー」

エリカがやれやれと笑う。

「応急手当をしよう。エリカさん、タオルと水をくれ」

エリカから受け取ったタオルをミネラルウォーターで濡《ぬ》らし、ララの右手に巻いていく。その場しのぎだが冷却と固定のためだ。

ララがきつそうにしたが、躊躇《ちゅうちょ》せずに強くタオルを縛る。

「……ごめんなさい、ミナトさん」

「なんで謝るんだ。もとは俺が暴投したのが悪い」

「めーわく、かけちゃった……」

「ララは良い子なんだから、ミナトくんもわたしも迷惑に思ったことなんてないわよ」

「…………ララが嫌なんだもん」

怪我をしたララは口数が少ない。珍しい光景だ。

○

公園から戻ったララはずっと落ち込んでいた。いつ機嫌を直すのか心配したものだが、その必要はなかったようだ。

ララは翌朝になるとすっかり元気いっぱいに動き回っていた。

「ララ怪我治った！」

ララが右手を天井に突き上げてやたらアピールする。昨晩張った湿布が、そこまで効いたとでもいうのだろうか。

「そんなわけないだろ」

「もう痛くないもん！」

さきほど湿布を張り替えたときに見た患部は、まだ少し腫《は》れているように見えた。子供だから代謝が良いのか？　たしかミナトも修行時代は怪我の治りが早かった気がする。

「ララ、もう平気だから今日も一人でお留守番、がんばる！」

「無理してない、ララ？」

エリカが朝食に温めた冷凍食品をダイニングのテーブルに並べながら聞いてきた。

「ララ、普通！」

「本当か？　昨日は手が痛くてエリカさんに夕飯を食べさせてもらってたろ」

「今日は一人で食べれるもん！」

そう言ってララはダイニングのテーブルに着いて、先割れスプーンを右手で持ち、湯気の立ったオムレツを一口食べる。もう一口。さらに一口。

ララの動きが止まる。

「ララ、わたし学校休むから無理しなくていいのよ」

「ダメ！　学生は勉強するのがお仕事なんでしょ！　ララのせいで学校休んじゃダメ！」

「うーん。どうしようミナトくん」

「ここまで言うなら好きにさせればいい」

「でも……」

「それに右手がダメでも左手がある」

「そういう問題かなあ？」

「じゃあどういう問題なんだ？」

「ミナトくんってときどき天然よね」

「自然にしてるつもりなんだが……」

ララが再びオムレツを食べ始めた。先割れスプーンを左手に持ち直してゆっくりと口に運んでいた。ミナトたちも席について、朝食を済ませた。

それから――。

『二人とも、お勉強とお仕事がんばってね』

なんて言われて、ララに追い出されるようにセーフハウスを出た。

地下鉄駅近くの駐車場に着いて、停めておいた公安のバンに乗り込む。

シートベルトを装着したが、エンジンをかける手が止まる。力なくハンドルに手を乗せた。

ララの怪我は別に命に関わるものではない。

日常生活が送りにくくなる程度。

まだ左手がある。

水は飲める。

手も洗える。

タブレットは操作できる。

食事だってゆっくりならできるはずだ。

いつもみたいに動画サブスクを起動してアニメも見られる。

お絵かきはできないだろうが、だからなんだ。

どれをとっても死にはしない。

死にはしないだろうが、ララは我慢しているのか？

しているだろうな、と自問自答した。

一人で留守番させられても文句を言わない五歳児。賢くて我慢強い子には違いない。

心細くても、ミナトやエリカの迷惑にならないように遠慮している。朝のエリカもそう言いたかったのだろう。心がざわつく。

気持ち悪さを吐き出すように、はぁ、とため息をつく。

いまは調査について考えていなければならない時間だ。エリカが言うように本当に仕事中にララのことを考えて集中していない。

これではいけない――。

スマートフォンが鳴った。ララかと思ったが、サポートの男からの連絡だ。骨伝導イヤホンを装着して通話に出る。

「どうした？」

『連絡が来ないからこっちから電話したんだろうが。今日は調査のやり方を変えてみようって話してたろ』

「そうだったな」

『俺が思うに、この大都会で消えたマフィアを探すなら二人だけだと手数が足りねえ。だから警察に協力させてグリップスに関わりのあった人間を洗い直そう』

「わかった。それでいいからそっちで進めておいてくれないか」

『え、いいのか？　お前って自分でなんでもやりたいタイプだろ』

「今日は休ませてもらう」

『なんだ急に……、なにかあったのか？』

「義妹が怪我をした」

『はぁ⁉　なんだそりゃあ！　そんぐらいで暗殺者が休んでんじゃねえよ！』

「悪いな、あとで方針だけ送っておいてくれ」

『マジか⁉　え？　ちょっま……、お、お大事にねぇ⁉』

通話を切り、シートベルトを外した。なにか清々《せいせい》した気分でバンを降りる。なにをやっているんだろう、と自嘲しながらセーフハウスへの帰途についた。

○

ララになんて言い訳しようか考えながらセーフハウスの玄関を開ける。

扉の開閉音に気づいたのか、小さな足音がぱたぱたと近づいてきた。

すぐにミナトの前にララが現れた。

「わ、忘れ物したの？」

ララが聞いてきた。泣きはらしていたのか、目の周りが赤く、擦《こす》ったあとができていた。

なにか心がざわめいた。

「違う、帰ってきたんだよ」

「だっていつももっと遅いよ?」

「今日は超特急で仕事を終わらせてきた」

「ほんと?」

「ララは俺がいたら嫌か?」

「ううん!」

嫌な質問の仕方だなと思っていたのだが、ララは気にもとめず、元気よく首を横に振った。

それからララは小さい身体を弾ませて、ミナトの脚に飛びついてきた。

危なっかしくてミナトの身体は強張るが、ララはぎゅっと抱きしめてくる。

「ミナトさん大好き!」

胸がちくちくと痛む。その正体がなんなのかわからないけど、ミナトはララの背中を擦《さす》ってやる。

ふと、外の廊下から足音がして、玄関が開いた。

「ただいま~、今日は学校が臨時創立記念日で休みだったの忘れてた~……ってあれ? ミナトくんも帰ってたの?」

変な言い訳をしながら帰ってきたエリカが、ミナトを見て目を丸くしていた。

「まあな」

「なによ、やるじゃない」

エリカが肘で押してきた。

こうなるなら休んだ意味なんてないのだが、いまさら仕事に戻る気にもなれなかった。

「エリカちゃんも帰ってきたんだ！」

「たまたまお休みだっただけだから、ララは心配しなくていいのよ」

「そうなの？　嬉しいけど、お休みの日を確認してないのはうっかりだね！」

「そ、そうね。あはは……」

乾いた笑い声を上げるエリカ。さっさとダイニングに向かおうとしていたが「あ」と立ち止まってミナトたちに振り向いた。

「ねえ、久々に午前中から三人暇してるんだから、昼食を自分たちで作らない？」

「賛成！　賛成！」

ララがぴょんぴょんと飛び跳ねる。反対する理由もない。

「今日は仕事がないんだ。付き合う」

「よし決定！　じゃあララ帽子取っておいで。スーパーに行くわよ！」

「待ってて！」


三人でスーパーマーケットに向かう道中。

手をつなぐララとエリカを眺めながら、師匠のことを考えた。

師匠がなにを考えていたのかはわからない。

ただ、毎日イベントを起こすララを見ていて、師匠も楽しかったのかもしれない。

いまのミナトにはそう思えた。

「どうしたのミナトくん、珍しく笑ってる」

「ほんと？　ミナトさん笑った？」

エリカが振り返り、ララが騒いだ。

からかわれている気がしてミナトは小っ恥ずかしかった。

「別に……。ただ今日はエリカさんとララが何をするのかなって思っただけだ」

「もちろんそれって悪い意味じゃないわよね？」

「黙っておく」

師匠がララをどう想っていたのかは推測の域をでない。

あくまでミナトがどうするかが大事なはずだ。

だが現状はグリップスの構成員を見つけられないのだから動きようがない。

ずるずるとこの生活を続けていくしかない。

慣れてきたから苦にはならない。

エリカが騒ぐと楽しい気がする。ララが笑うと嬉しい気がする。感化されてしまっているのかもしれないが、それが心地よい。

だから、ほんの少し、あと少しだけこの時間を――。

ふいにララが道路の先を指さした。

「あ、猫ちゃん！」

「え、どこ？　ってまた着ぐるみじゃない！」

以前に出くわした着ぐるみたちと同じ連中のようだ。前と同じ道で、前と同じように彼らはワゴン車に乗り込もうとしている。

「挨拶《あいさつ》してくる！」

「待て、ララ！」

ララが飛び出して、ミナトも慌てて追いかける。

ララにはいきなり飛び出すなとエリカと一緒に言いつけた。だというのに聞き分けの良いはずのララが全力で走り、ワゴン車に乗り込もうとした猫の着ぐるみに話しかけた。

「こんにちは！　猫ちゃん、本当は人間だって本当？」

着ぐるみが左右を見たあと、下を見てララに気づいて、片手を素早く動かした。

『あ？　なんだよクソガキ、あっちいけ！　しっしっ』

「……ふわ」

低い男の声に罵倒されたララは、なぜか怖がらず、左手の人差し指でつんつんと猫の着ぐるみに触れた。

『仕事道具にさわんじゃねえ！』

激高した着ぐるみがララを突き飛ばそうと腕を伸ばした。

もちろんララを傷つけさせるつもりはない。すぐにララを追いかけていたミナトは素早く二人の間に割り込んだ。そして着ぐるみの腕を摑んで、そのまま背負い投げを決めた。

猫の着ぐるみが地面に叩きつけられ、頭がスッポ抜けて、中年の男の顔が露出する。

「すみません、妹が失礼しました」

「げほっ、げほっ！　――て、てめぇ！　言ってることと、やってることが真逆じゃねーか！」

五歳児を突き飛ばそうとしたやつに説教をされる謂《いわ》れはなかった。

ただしララがきっかけだから、一応は謝るし加減もしている。

手を離すと、着ぐるみの男がよろよろと立ち上がる。ちょうど素顔になった男と目が合った。

茶色いツーブロックの男が、鋭くミナトを睨《にら》んでいた。

「っ……」

ミナトは思わず息を飲んだ。

男もぎょっとしてから着ぐるみの手で自分の顔を触る。

「あっ、やべぇ！　頭が取れちまった！　ボスに殺される！」

着ぐるみの男は慌てて頭を拾って装着。逃げるようにワゴン車に乗り込んだ。そして窓から猫の頭の半分と、器用に立てた肉球付きの中指を出した。

「くそっ！　覚えてやがれ！」

捨て台詞《ぜりふ》というやつを久々に聞いた気がしたが、ミナトは男に対してはなんの感傷も起こらない。寝起きに氷水をかけられたような気分になっているのは別の理由だ。

ミナトは辺りを見渡した。商店と花屋の店先に監視カメラが一台ずつあった。

ミナトが男を投げ飛ばしている間に、ララを抱き寄せていたエリカが安堵《あんど》したようにため息をつく。それからしゃがみこんで、ララと視線を合わせた。

「ダメでしょララ。知らない人に話しかけたら」

「……ごめんなさい。ララ、調子に乗ったかも」

「まあでもミナトくんのおかげで怪我がなくて良かった。……こういうときは頼りになるわねミナトくん。ってあれ？　どうしたの」

「仕事の連絡が来る時間だった。先に行ってくれ」

「そう？」

ミナトに言われてエリカとララが進み、信号を渡り始める。

ミナトは背を向け、スマートフォンを取り出した。自分から電話をかけずに五秒待つと、サポートの男からのコールが鳴った。

来るとわかりながら、どこかで来ないでほしいと思っていた電話だ。

通話アイコンをタップして、耳に当てる。


「俺だ」

『い、い、いま監視ＡＩがグリップスの構成員を発見した！　東フーゲンの外れだ！　聞いて驚くな、あいつら着ぐるみを身につけてイベント会社のふりして移動してたんだ！』

「カメラの映像をよく見てみろ」

『あっ！　この着ぐるみを投げ飛ばしたやつってお前じゃねーか！』

「俺もこの目で見たが間違いなくグリップスの下っ端だった」

『くそ！　こんな間抜けな方法で監視ＡＩが騙されるなんて！　人間が見ればイベントにも参加せず街中を移動してる着ぐるみの集団が怪しいってわかるのに！　機械的に人相をサーチしてるだけのＡＩじゃ、発見できなかったんだ！』

いままでの情報がつながった。ミナトが見たモップで踏み潰したような足跡も、前科者の女が見た耳の大きいマッチョの話も、着ぐるみなら説明がつく。

「首都を移動する着ぐるみを監視対象にして、グリップスのいまのアジトを見つけてくれ」

『わかってる！　お手柄だぜ、ミナト！　この間抜け共を一掃してやろう！　はっはー！』

「……そうだな」

通話を終わらせ、スマートフォンをしまう。

見れば信号の向こうでエリカとララが待っていた。

先に行ってくれと言ったのに、二人は笑顔でミナトを待っていてくれた。

ミナトにとっては暖かな太陽を見ているのに等しい光景だ。

でも、もう駄目なんだ、終わりなんだ、とミナトはわかった。

どうあってもミナトは二人の前から去らなければならないし、室長の懸念が正しければ、ミナトはララを——。

あの優しい笑顔も、師匠の願いも、きっとミナトが破壊する。

三人の生活の終幕が始まった。

室長

▶年齢　46歳
▶身長　180センチ
▶所属　国家公安局特別警備部

“セクター9”のトップ。本名ノア・スミス。ミナトの上司。かつては“死神”と呼ばれ、カインと並び称された凄腕暗殺者だったが、いろいろあって血が苦手になり一線を退いた。いまではスプラッタ映画はもちろん、ケチャップだらけの料理を見ただけで怯むことも。

休日にブラックコーヒーを飲みながら真っ白なジグソーパズルを組み立てるのが密かな楽しみ。

「ララが自分で写真を撮りたいって言うんだけど」

「エリカさんの悪影響か……」

「失礼ね。リスペクトと言いなさい。それでタブレットを使わせていいよね？」

二つ返事で了承しようとしたのだが、ふと考える。

「ダメだ。連絡用のタブレットだ。いざというときに所定の位置にないとララが困るだろ」

「使ったら戻せばいいでしょ？」

「ちょっと待ってくれ。たしか師匠の持ち物にちょうど良いものがあったはずだ」

そんな会話がきっかけで、深夜に荷物探しをすることになった。

師匠のガラクタを片付けたときに、暗殺ガジェットでないものはセーフハウスに残しておいた。ダイニングの壁際に積んだダンボールを一つずつ下ろしていき、一番下のダンボールに目当ての青い箱を見つける。

土産物のお菓子を入れるような化粧箱だ。蓋を開けると、エリカが覗《のぞ》き込んだ。

「コンデジ？　久々に見たわ」

「古い型だけど、師匠の持ち物ならララに渡してもいいだろ」

まだスマートフォンのカメラ性能がそれほど良くなかった時代に、師匠が情報収集に使っていたコンパクトデジタルカメラ。十年ものの古さだ。

ミナトは化粧箱をテーブルに置いてカメラを取り出す。本体から外されていたバッテリーを取り付け、電源ボタンを押す。背面のモニターが起動した。

片付けのときにも確認したが、メモリーカードにはなにも写真は入っていない。一応、フォーマットして一枚適当に撮ってからララを見る。

ララはリビングのソファに座って壁掛けのテレビを見ていた。

「ララ、ちょっといい？」

「なーに、エリカちゃん……」

エリカの呼ぶ声に振り向いたララは、すぐテレビに映るアニメに視線を戻した。

かと思ったら、またエリカに顔を向ける。アニメに夢中で忙《せわ》しない。

「ミナトくんが持ってるの、なんだと思う？」

「キャンディの缶詰？」

ララがぼんやり言うものだから、エリカが苦笑。

「違うわ、カメラよ、カメラ」

「カメラってもっと薄いやつだよ？」

「あれはスマホについてるカメラ。これはカメラだけのカメラよ。ララは知らないかもしれないけど、カメラってスマホじゃないのもあるの」

「じゃあそれも写真撮れるの？」

「もちろん！」

「ふわぁ……」

ララが固まった。

「反応薄いな。あんま興味ないんじゃないか？」

「あれぇ？　そんなわけないはずだけど……」

「エリカさんがいちいち写真撮るから、ララもやりたいって合わせただけだろ」

「それ、わたしがご機嫌とられたみたいでダサくない？　やだ、一応欲しいか聞いてみてよ」

「まったく――」

エリカのSNSやらインフルエンサーやらの話に、ララがぼんやりしながら付き合っている姿が目に浮かぶようだ。写真なんか撮ってなにが楽しいというのだ。

「ララ、カメラが欲しいならやるぞ」

「ふぁあああああああああああああああ――ッ!?」

パタタタタタタタッ――――。

ララがソファから駆け出し、全力でミナトに飛び込んできた。

「ぐぇえ⁉」

それも頭からみぞおちにだ。まるでミサイルだ。息が詰まり、一瞬、目の前が暗くなった。

なんとか膝《ひざ》をつかずに耐える。

「うぅ……お前、いま俺《おれ》を殺そうとしたろ！」

「欲しい！　欲しい！　欲しい！　欲しい！　欲しい！　欲しい！　欲しい！　欲しい！」

「お、落ち着け、たかが写真を撮れるだけだぞ！」

「ララ、写真撮りたい！　激写したい！　とっておきの写真撮れるようにがんばりたい！　がんばらせて！」

しがみつくララがジャケットを引っ張る。肺が縮むような痛みの中、ぐらぐら揺らされて気絶しそうだ。

「うんうん！　やっぱり写真撮りたかったのよねララ！」

「み、見守ってないでララを止めろエリカさん！」

「ララね！　ララね！　カメラ必要なの！　どーしても必要！」

「わかった！　使い方を教えるから離せ、ララ！」

「うん！　早く！　教えて！　早く！」

ララが手を離してくれてようやくまともに息をする。ララは期待に目を輝かせていた。なにか思っていた状況と違う。

ミナトは手の中にあるコンパクトデジタルカメラをララに見えるように操作した。

「いいか。この小さなボタンを押すと電源が入って、大きいボタンを押すと写真が撮れる」

ララがしゃがむミナトの腕にしがみついて真剣に聞いてくれた。うんうんとうなずくララは素直だが、ほんの少し前に殺されかけたので恐ろしい。

ミナトは箱の中に入っていたストラップを取り付けてから、ララの首にカメラをかけてやる。

「ふわぁ〜！　ありがと、ミナトさん！」

ミナトの手には小さなデジタルカメラに過ぎなかったそれは、ララが首からかけると、立派な一眼レフカメラのように見えた。

ララは自分のものになったカメラの電源を入れたり切ったりし、せり出すレンズを見ながら頬《ほお》を赤くし、むはー、と息を吐いた。

「好きなものをカメラで撮ってみろよ。家の中にあればの話だけどな」

「ララの、好きなもの……」

ララは床を写すカメラの背面モニターをしばらく見てから、カメラを構えた。

カチッ――、とララがボタンを押した。

おそらくララの初撮影写真になる。ララはミナトとエリカを写真に収めた。

画《え》になるものならもっとあるだろう。

「俺たちなんて撮ってどうする？」

「好きなもの撮ったんだもんね、ララ」

「うん！　えへへ！」

ララはゆらゆら身体を左右に揺らしながら、機嫌良さそうにカメラの背面モニターで、いま撮った写真を確認していた。

これはひょっとして、ララが本当にエリカをリスペクトしていたらとんでもないことになるかもしれないと不安になる。

「ララ、誰《だれ》かを写真に撮っても、その人に許可なくSNSとかにアップするのはダメだ」

暗殺者がネットに顔を晒《さら》すなど絶対にあってはならない。ララにしっかりと言い聞かせる。

不安の原因であるエリカが、うんうん、とうなずく。

「まー、マナーよね。わたしは基本的にいいけど、アップする前に見せてね。写真写り悪かったら困るから。あーでもララはまずアカウント作成かな？」

「子供にSNSのアカウントを持たそうとするな。どんな失敗をするかわからない」

「失敗を恐れてたらなにもできないでしょ。人生とりあえずやってみるものよ」

「ララ、SNSきょーみない！」

心のなかでガッツポーズ。

「偉いぞ、ララ！」

「ええなんでぇ?!　じゃあどうして写真なんか撮りたいって言い出したの?」

エリカが不満そうに聞くと、ララが恥ずかしそうにうつむいた。

「ララ、大切な人たちと一緒に写真撮りたい……」

「へ?　それってつまり、わたしとミナトくんってこと?」

「ミナトさんと、エリカちゃんと、あと……おとーさん!」

「そっ、そう……そうね。みんなで写真撮りたいもんね」

エリカの顔が一瞬強張《こわば》ったが、すぐに微笑《ほほえ》む。

「エリカちゃんもミナトさんも、おとーさん帰ってきたら、一緒に写真撮ってくれる?」

「もちろんよ。ね、ミナトくん?」

エリカが急に話を振ってきた。黙っているとララが不安そうに見上げてくる。

任務のためならララの機嫌をとればいい。なのに、なぜか他の返事がないのか探してしまう。

探したって見つからない。

「いいだろう」

「やった!　やった!」

「良かったね、ララ」

「うん!　ララ、みんなで写真撮るまでカメラ練習しとく!」

「そうだ！　なら明日写真を撮りにいつもの公園行くのはどう？」

「あんな、なにもないところに行って写真の練習になるのか？」

エリカの提案に疑問を返すと、エリカは自信ありげに訴える。

「被写体はわたしたちでいいし、なによりカメラの撮影における自然光の偉大さを理解するにはあの広い公園が一番よ！　これでもわたし、写真の基礎は勉強してるんだから！」

断る理由もないか。と頭の中でスケジュールを組む。

「午前中に現地待ち合わせでいいよな」

「現地待ち合わせ？　……あー今日の仕事ってやっぱり時間かかるのよね」

「朝までには終わる。だから九時頃に公園のいつもの場所で待つよ」

「わかったわ。ララも聞いたわね？　明日はみんなと公園でカメラの練習するわよ！　わたしが写真の撮り方を教えてあげるからね！」

「ふわぁ！　エリカちゃんが先生で安心だね！」

はしゃぐララに、少し浮かない顔をしたエリカ。意識をさせてエリカには悪いことをした。

リビングのデジタル時計を見る。時刻は十九時半だ。

「そろそろ時間だ。行ってくる」

「そう……。気をつけて」

エリカの声が小さかった。隠している不安が伝わってくるようだ。

「連絡はいつでもしてくれ」

「え？　でも仕事中に連絡しても迷惑なんじゃ……」

「任務中はイヤホンをつけてるから、着信の音は俺にしか届かない」

「そっか、ララと二人だけでもちょっと安心ね」

エリカがララの肩を抱いた。

ミナトが夜中に出かけるのを怪しまれないよう、詳細は伏せて任務についてエリカに話した。

それにミナトの留守中、エリカに警戒してもらっていたほうがいいだろう。

ララが残念そうな顔をしていた。

「ミナトさん、お仕事行っちゃうの？」

「明日の朝には会えるさ」

「ほんと？　約束してくれる？」

「ああ約束だ」

「えへへ！　約束できてララも安心！」

すぐララがにじり寄ってきた。とっさにみぞおちを守る。

「と、飛び込むのはよせ！　任務に支障をきたす！」

「気をつけていってらっしゃい！」

ララは手を振ってくれた。師匠を相手にいつも同じように見送ってたのかもしれない。

「あ、ああ……。いってきます」

「いってらっしゃい、ミナトくん」

任務前に誰かに見送ってもらうなんて初めての経験だ。少し戸惑いながら師匠のセーフハウスを出た。

○

『ヘイ、ブラザー！　いまの俺たちは公安の人間ではなく、グリップスと対立するマフィアの一団だ！　なるべくワルらしく行こうぜ！』

大型のヘッドセットからサポートの男のラジオじみた軽口が聞こえる。

「具体的には？」

『邪魔をする奴《やつ》らは叩《たた》き潰《つぶ》す！　はっはー！』

「いつも通りだな」

『あ！　たしかに違いない！』

男はひとしきり笑ってから、ごほん、と咳払《せきばら》いした。

『いいな、今回の任務はグリップスのボス、ジョシュア・ランバートの誘拐だ！　やつを捕らえて全《すべ》て吐かせる！　異能犯罪者の排除は優先しなくていい！　リスクが高い！』

つまりはグリップスが幹部に迎えた犯罪異能者は、情報を集めてからローリスクな状態にして暗殺するという室長の判断だ。

『ターゲットは地上十階、地下二階のビルのどこかにいる！　お前はランバートを確保したら ワイヤーガンでビルの壁伝いで地上に降りて、待機しているチームと合流して離脱だ！　誘拐はすぐバレる。絶対に敵が追ってくるから急いで逃げろ！』

「了解」

ミナトが平然としていたら、男が忌々しげに舌打ちした。任務に納得していないようだ。

『チッ！　規模からして普通なら暗殺者が十人は必要になる任務だぞ！　人員不足だからってお前一人だなんて！』

死にに行くようなものだ、と最後まで男は言い切らなかった。

配慮しているつもりだろうが、ミナトには無用だ。

「心配するな。俺は普通の暗殺者じゃない。伝説の暗殺者カインの弟子だ」

大真面目《まじめ》に言ったつもりだが、男が吹き出した。

『年下のくせに生意気なやつだ！　くそっ！　着ぐるみでしか入れないビルだから着ぐるみを用意したのに、お前に着せられなかった！　一生、ネタにしてやったのに！』

「合理的な理由があれば、俺はどんな格好だってする。恥ずかしいとは思わない」

『つまんないやつめ！　……あと三十秒で目標降下地点だ。準備はいいか？』

ミナトはヘッドセットを外して、副操縦席から身体を乗り出してきたサポートの男に投げつけた。いつもの骨伝導イヤホンを起動させる。バリバリとプロペラの回る音が五月蝿《うるさ》い。

ミナトたちは港湾地帯上空をヘリコプターで飛んでいた。

グリップスの構成員が町中を着ぐるみで移動しているのが発覚してから、着ぐるみたちが集う場所を調べた結果、判明したのが港湾地帯にぽつんと建設されたビルだった。

表向きは重機の輸出入を行う企業のオフィスだが、それは公安が未確認だったグリップスのフロント企業であり、実態はグリップスのアジトだ。

ビルには正面エントランスと避難口、地下駐車場の三つの出入り口があり、エントランスは常時シャッターが降りていて、避難口は潰されている。

実質、地下駐車場からしか出入りできないと言っていい。しかも三日前の偵察によると警備の人間が着ぐるみを脱がし、顔に特殊メイクが施されてないかまで確認している。

バカみたいな光景だがセキュリティは厳重。

ゆえにセクター9は上空からの侵入を試みることにした。

望遠カメラによる偵察によればビルの屋上には出入りする人間はおらず、ここだけ警備が手薄だったからだ。

「出る」

ミナトはヘリコプターのスライドドアを開ける。流れ込む夜の冷たい風が身体を激しく打つ。パラシュートが安全に使える高度を保っているので、星空のように照明が光る港湾地区の中でも、目標のビルは点でしか見えない。

背負っている装備をつなぐハーネスを手でいま一度確認し、額にずらしていたゴーグルをかける。

『着地に失敗しても一生ネタにするからな！　幸運を！』

男に見守られながら、ヘリコプターから飛び降りた。

いまさら怖がるわけでもないが緊張の走る瞬間だ。

風向きが変わって流されても失敗。偶然にも夜目の効くグリップスの人間がいて、偶然にも夜空を眺めていても失敗。背負ったパラシュートが開かなくても失敗。

失敗の可能性は低くても、運頼みなところはある。こういう作戦はあまり好きではない。

猛烈な勢いで重力に従って落下する中、パラシュートを開く。

一瞬衝撃が走り、落下の速度が落ちる。

息を整え、落ち着いて周りを見渡す。

夜であってもビルの位置は分かった。

ビルを囲むように存在する工事現場、駐車場、倉庫の三箇所から上空に向けられたライトが一定間隔で明滅を繰り返すからだ。公安の協力者がミナトを誘導するためにやっている。

さらに地上から暗視スコープでミナトを追っている公安の人間が、風向きや方角の指示を送ってきた。ミナトはイヤホンから聞こえる指示に従い、パラシュートを操作する。

数分もかからずに目標のビル屋上に到達。

着地して、勢いを殺しきれずに前に一回転。風に煽《あお》られるパラシュートをぐちゃぐちゃに折りたたんでから、背負っていたコンテナごと空調設備の室外機の陰に押し込む。

「屋上に到着。これより内部に侵入する」

ミナトはゴーグルを捨て、コンテナに吊《つる》していたバックパックを背負って走り出す。非常階段の扉の鍵《かぎ》を破壊し、ビルに侵入した。


非常階段から十階のフロアをうかがう。人の気配はない。

ビルの内装は整っておらずコンクリートの打ちっぱなし。建設途中に倒産した会社のビルを買い取ったという話は本当なのだろう。

内装はボロくても、フロア北のエレベーターが稼働しているのは表示灯でわかる。

『あいつら着ぐるみを使いまわしているせいで、どの程度の人数がビルに残っているかもわからねえ。気をつけろよ』

「わかっている」

ミナトは銃を構えながら九階に降りるがここにも人の気配はない。

さらに降りた八階には人の気配はしないものの酒と汗の匂《にお》いを感じた。フロアに出て個室を開く。寝袋や空《あ》いた酒瓶《さかびん》を複数見つけた。人の生活した跡だ。

ふと階下から声が響いた。

声の元を探して一気に六階へ降りたミナトは、非常階段で留まる。むせ返るような人の匂いと息遣いを感じたからだ。

壁に背中を預けて覗《のぞ》き見る。

六階は見通しがいいフロアだった。ビルの内装が完成していたら食堂やラウンジにでもしていたのだろう。

フロアには人だかりができていた。スーツの人間もいればラフな格好をした連中もいて、服装はバラバラだ。彼らはみな一様にフロア中央の喧騒《けんそう》を注視していた。

〝ターゲットを確認した。映像を送る〟

ミナトはチャットで報告し、壁からレンズだけをのぞかせたスマートフォンで撮影。サポートチームにリアルタイムで映像を送る。

すぐに骨伝導イヤホンに反応。

『確認した。ジョシュア・ランバートと、その部下フィニアスだ。部下の方は異能者と言われている。そのまま映像を送り続けろ。なにをしているのかログに残したい』

喧騒の中では、前髪を遊ばせた茶色いオールバックの男が、紺色のスーツをまとった長い手足を駆使して、ジャージを着た男に暴行を働いている。その奥では赤髪にオレンジのスーツを着た派手好きそうな男が、青い顔で震えていた。

〝殴られているのは俺が着ぐるみの頭を飛ばしたやつだ〟

とチャットで送信。

「お、おい、もうその辺でいいだろ……」

派手なスーツのランバートが震えた低い声で、暴行する男を宥《なだ》めようとした。

暴行する男――フィニアスが、ジャージの男の髪を掴《つか》みながら停止する。

ジャージの男は血まみれで、顔が腫《は》れ、目も開けられなくなっている。

フィニアスは柔和な笑みを作った。

「ボス。俺だって好きでやっているわけではありません。でも、ルールを破った者に制裁がなければ守っているものがバカを見る。それでは不公平です」

「でも、死んじまうだろ、そいつ……」

フィニアスはジャージの男を引きずりながら、群衆に向き直る。

「きみたちは今日まで耐え難《がた》きを耐《た》え、忍び難きを忍んできました！　だがその努力をこの男がしくじり、無駄にした！　この男には罰が必要か、答えてくれ！」

静まり返っていた群衆から声が上がり始めた。「やっちまえ」「制裁しろ」「許せねえ」「もっと殴れ」などと自分たちのボスの言葉に反した声ばかりだ。

フィニアスは満足そうにうなずくと、ジャージの男の髪を持ち上げる。

「も……う、許し……て……」

命乞いをする男の頭をフィニアスは地面に叩《たた》きつけ、踏み抜いた。

ジャージの男は動かなくくり、顔を中心に血溜《だ》まりが広がっていく。

「みな聞いてくれ！　俺たちは今日まで公安の目を逃れて戦う力を蓄えてきました！　いまや集まった銃と弾薬、爆弾の量は、この街の治安組織を凌駕《りょうが》する！」

フィニアスは両手を広げ、気持ちよさそうにスピーチを始めた。

「だがそんな俺たちに一つだけ足りないものがあります！　――それが救世主だ！」

ララを狙《ねら》っているのはこいつか。と眉間に皺《しわ》が寄るのをミナトは自覚した。

ララの笑顔が脳裏に浮かぶ。グリップスがララを狙っているのは知っていたが、改めて自分のターゲットを狙うやつを見ると腹が立つ。

「救世主の所在は警察のクソ共によって隠された！　しかし俺は救世主の情報が残る端末を手に入れ、その所在をすでに絞り込んでいるのです！」

ララを誘拐した配達員のプライベート用と仕事用のスマートフォンは回収し、警察が保管している。手に入れたとすれば――、

『賄賂を握らせた警官に、誘拐犯たちの端末をコピーさせやがったな！』

サポートの男の言う通りだ。

「潜伏はもうお終《しま》いです。救世主を手にし、俺たちは裏社会の天辺《てっぺん》を取る！」

フィニアスがスピーチを締めくくろうとした。

「行動開始は深夜一時。救世主が深い眠りについた頃を見計らって住処《すみか》に奇襲をかける！　彼女の異能を避けるには有効な手です！　救世主には魔女が護衛についているらしいが俺の異能で殺します！　そして俺たちグリップスは勝利と栄光を掴む！」

フィニアスが拳《こぶし》を天井《てんじょう》に向けて突き上げると、歓声が湧《わ》いた。

グリップスに栄光を。勝利を。と軍隊でも見ているようだった。

ミナトは熱気に包まれるフロアから静かに離れ、さらに階下に降りていく。

深夜一時まで一時間と少ししかない。

『ミナト！　持ってきた爆弾を適宜仕掛けるんだ！　爆発《ばくはつ》で敵の注意を逸らしてターゲットを攫え！　カインさんの娘たちには悪いが、奴らが作戦開始に浮き足立っているいまがチャンスだ！』

「ダメだ。あの様子だとランバートはあとから入った異能者たちに組織を乗っ取られている。ランバートを攫ったとしてもララの強奪作戦は止められない！」

『お前の任務はランバートを誘拐することだ！　カインさんの娘たちは警察にでも保護させりゃあいいだろ！』

ララとエリカを他人に保護させるのはダメだ。汚職警官がどこにいるかわからないし、セクター9以外の公安や警察では、犯罪異能者相手の護衛は難しい。

ならどうするか？

簡単な方法がある。

「フィニアスとグリップスはここで潰す！」

『冷静になれ！　お前が送ってきた写真には他にも指名手配されている異能者が映っていたんだぞ！　一人でさばききれるような戦力じゃねえ！』

男の話はよくわかる。

「心配するな、俺は冷静だ。冷静なんだ」

いまミナトを突き動かしている衝動は、ミナト自身にも説明し辛《づら》い。暗殺者のプライドなのだろうか。グリップスへの不愉快さと怒りが募《つの》っていく。

階段を駆け下りていったミナトは、一人で煙草をくゆらせていた男をフロアから非常階段に引きずり込んだ。

「お前たちが集めた装備はどこにある？　死にたくなかったら答えろ！」

銃と暴力によって情報を吐かせる。セクター9流の交渉術だ。

男はすぐに必要な情報を喋《しゃべ》った。怯《おび》える男の頭を壁に叩きつけて気絶させる。まずは二階へ行く。階段を再び駆け下りる。

非常階段から二階のフロアをスマートフォンのカメラで観察。フロアの中央で談話している三人がいた。アサルトライフルを装備している。武器庫の警備というわけだ。

すぐさま飛び出して銃撃。奇襲によって三人を制圧した。

二階のフロアは四つの大部屋に分かれている。ビルが一般の会社に実際に使われていたらオフィスとして活用されていたのだろう。

ミナトは大部屋の一つに入り、部屋中に積まれたコンテナに近づいていく。

コンテナは金属製で、サイズやデザインの規格がバラバラだ。カーキやサンドイエローのカラーをしていて、どこかの軍の払い下げを集めてきたように見える。

いくつかのコンテナを床に下ろして、開けていく。

スマートフォンのビデオ通話機能でサポートの男にも見せた。

ロケットランチャー、分解された機関銃、アサルトライフル、その弾頭弾丸の数々――。

なにより多かったのはプラスチック爆弾などの爆発物だ。ミナトも思わず唸《うな》る量だった。

『すげぇ、まるで軍隊だ。ほんとに警察なんかより重装備かもしれねぇ。コンテナの半分が爆弾でも、公安本部をまるごと破壊できるぞ』

「利用させてもらおう」

『武器を持ち出したり、爆弾で罠《わな》を作ったりするのか？　だが異能者集団とやりあう火力を上階まで運び出すのはキッツイぞ。ランバートも攫わねーとならねーから無茶はできねーし』

サポートの男の言う通りだ。昔の名作アクション映画ばりに弾帯を身体に巻き付けて機関銃で戦う手段もあるが、それは重量が嵩《かさ》む。フィニアスら異能者に奇襲をしても初撃で全員を打倒しなければ、機動力を失ったミナトは反撃でやられるだけだ。

エレベーターに爆弾を積んでフィニアスのいる階に送り込んで爆発させるのも考えるが、それだとランバートも死なせてしまう。これはダメな案だ。

「俺に考えがある。手を貸してくれ」

ミナトは一瞬考えてから、持ち込んだ爆弾の入ったバックパックを床に下ろした。

○

スマートフォンの画面を見ると、チャットに新着があった。

エリカからだ。

メッセージは他愛《たあい》のないものだった。

〝ララの寝言を捉《とら》えた！〟

動画もあった。ララがソファで寝ながら、むにゃむにゃ、と口を動かしている。

『ミ……ナトさん……ジュース、……いっぱい飲んだら……お腹《なか》……壊しちゃうよ……』

エリカも画面を開いていたのか、既読をつけた直後にチャットがまた送られてくる。

〝いつものジュース飲み過ぎちゃうの？〟

〝余計なお世話だ〟

少し緊張していたのがチャットのやりとりでほぐれた気がする。身体が自由に動きそうだ。

エリカに避難を指示することもできたがやめておいた。

必ずここでグリップスを殲滅《せんめつ》して、帰る。それがミナトの思うスマートな暗殺者のやり方だ。

チャット画面を切り替えて、サポートの男に通話する。

「準備はいいか？」

『お前とんでもないな！　まともじゃない！　でも考えてみりゃあカインさんの弟子だもんな！　普通なわけないよな！　絶対、始末書一枚や二枚で済まないけどな！』

男は興奮した様子だった。呆《あき》れているのか、喜んでいるのかわからない。

「始めるぞ」

ミナトは言ってから新たなアプリを起動させる。

灰色を基調とした簡素なインターフェイスのアプリだ。並んだ番号から〝1〟をタップ。

同時に階下で爆発音。

ミナトが持ち込んだ爆弾が二階から三階の踊り場を吹き飛ばしたのだ。

『上空からでも非常階段の窓から火が吹いたのが見えた！　準備はいいぞ！』

ミナトはスマートフォンをスピーカーモードにして、四階の非常口からフロアに突き出す。

『侵入者だ！　敵は地下二階に逃げていった！　すぐに追ってください！』

スマートフォンからフィニアスの声が響く。

「なんだ、なんだ――」とフロアから男たちの声が聞こえる中、再びフィニアスの声。

『早く！　このまま逃がせば俺たちの計画が破綻《はたん》します！』

「おい仕事の時間だ！」「ゴミは俺らが始末しますよ！」などと返事が返ってくる。

ミナトは四階をあとにし五階へ上り、同じようにスマートフォンをフロアに突き出す。

『他所《よそ》のマフィアから襲撃を受けました！　奴らは地下駐車場にいます！　全戦力を集めて迎撃してください！　他の仲間にも呼びかけるんだ！』

五階にいたグリップスの構成員が騒ぎ出したのを確認し、ミナトは上階へ駆けていく。

階段を上がりながらスマートフォンに話す。

「言葉選びがわざとらしい。誘導しすぎてる」

『へへ、そうか？　でもアジトを爆破《ばくは》された混乱の中なら、あいつらＡＩが合成したフェイクボイスだなんて気づきはしないぞ』

フィニアスの声で流れ出る軽口。

ミナトがグリップスの集会で入手した音声データをＡＩが解析し、サポートの男が話す言葉をフィニアスの声に変換している。

ミナトは上階から降りてくる複数の足音を感じ取って六階のフロアに逃げ込む。

集会のあった六階にはすでにフィニアスたちの姿はない。十人ほどの男たちが煙草をふかし、たむろしているだけだった。

ミナトは上階から降りてくる足音をやり過ごしてから、非常階段に戻る。

『ほらな、俺の名演技に引っかかってるみたいだな』

「最初に騙《だま》されたやつが味方に連絡して偽の情報が伝播《でんぱ》しているんだ。作戦を次のフェイズに移してくれ」

『わかった。百八十秒後にまた会おう』

ミナトはそのまま非常階段を駆け上がっていく。

目指すは八階。

さきほど尋問した男の話だとフィニアスとランバートは普段は八階で生活し、指示を出しているらしい。

○

八階に到達し、足音を殺してフロアに入り、声のする方へと歩いていく。

八階は部屋がいくつもあるフロアだった。様子をうかがいながら進むと、エレベーター前でフィニアスが二人の部下に怒鳴っていた。

「敵の侵入？　俺の指示で地下駐車場にみな集まっている？　バカな！　さっきの爆発といいどう考えても陽動です！　なにをやっているんだ！」

もごもごと言い訳をする部下を無視してフィニアスは無線を取り出す。

「情報の真偽を確かめなければ。――地下にいる人たちは応答してください！」

無線から耳障りなノイズが響き、フィニアスは片目を瞑《つむ》った。

「妨害電波……。公安か……」

無線が使えないのに気付いたフィニアスが忌々しそうにしながら部下に指示をする。

「きみたちはすぐに地下駐車場へ降りて、仲間たちに持ち場に戻るよう伝えて下さい。幹部にはネズミが入り込んだと言いなさい。大至急です」

部下たちがうなずき、エレベーターに乗る。扉が閉まると、フィニアスは無線機を床に叩きつけた。

「くそっ！　マフィアに一番大事なのは知恵だというのに、どいつもこいつも無能ばかりだ！」

悪態をつくフィニアスに、いまのやり取りを他人事《ひとごと》のように離れて聞いていたランバートがよろよろと近づく。

ランバートは顔を青くさせていた。

「お、おい。公安って、暗殺者がいるかもってやつらだろ？　俺たち殺されるんじゃ……」

「あ？」

フィニアスは不愉快そうに顔を歪《ゆが》めたが、ランバートは構わずまくしたてる。

「だから嫌だったんだ！　俺は金持ちのガキに薬を売って、美味いもん食って、女にも不自由しなきゃそれで良かったのに！　お前のせいで俺の人生台無しだ！」

「誰がグリップスをここまで大きくしてやったと思っている！　さんざん甘い汁を吸っていたくせにいまさら騒ぐんじゃない！」

「ひぃッ！」

フィニアスの圧力に押されて、ランバートが尻《しり》もちをついた。それもまたフィニアスの癇《かん》に障《さわ》るところだったらしい。

「組織のトップに無能力者を据えなければ、無能力者がついてこないから仕方なくお前を生かしているんです。……もし俺の足を引っ張るなら、殺しますよ」

主従が逆転していながら、フィニアスはランバートを排除できない事情に苛立《いらだ》っているようだ。射殺《いころ》すような視線でランバートを見下ろしていた。

いまフィニアスは意識をランバートに持っていかれている。

つまりミナトにとってチャンスだった。

ベルトに下げていたスモークグレネードを左手に取り、口でピンを抜いて投擲《とうてき》。すぐさま銃を構え直してフィニアスの胸めがけて三発の銃弾を撃つ。

「ッ――――!」

サプレッサーによって抑えらた銃声のあとにフィニアスのうめき声が聞こえたが、すぐに白煙が辺りを覆《おお》って視界を失う。スモークグレネードから発生した煙幕だ。

ミナトは走り出し、記憶を頼りにランバートに近づく。

「な、なんだ……?　――ぎゃっ!!」

白煙の中、ランバートの顎を蹴《け》って気絶させ、肩に担《かつ》ぐ。細身だが、力が抜けていて重い。

奥歯を噛《か》み締《し》めて、一直線の廊下を走る。目指すは大きな窓があるフロア南側の壁だ。

すぐに追ってくる足音に気付く。

「逃しませんよ!　よくもなめた真似を!」

フィニアスが白煙を突っ切り追ってきた。ダメージを負った様子もない。

ミナトは走りながら上体をひねって銃を撃つ。狙いをつけられない。連射。五発中三発が廊下の壁に着弾。二発がフィニアスの前でポップコーンのように爆《は》ぜて、床に落ちた。

「やはり通らないか!」

敵が来たのがわかっているのに、フィニアスは部下を全員連絡に向かわせた。守りに自信のある異能者だと容易に予想できたが、異能の正体はまだわからない。

ミナトは立ち止まり、左肩のランバートを支えつつ、右手で狙いを定めて銃撃する。

「ふん、無駄なことを」

　フィニアスが足を止めて右手をかざすと、その手前で弾丸がまた爆ぜて、床に転がる。

　廊下の半ばで照明が照らす中、フィニアスの手を中心に、真夏の陽炎《かげろう》のように空間が歪《ゆが》んで見えた。

　形は円盤状で、さながら剣闘士がラウンドシールドを構えているようだ。

　無色透明の盾《たて》。表面に接触するものを爆破させる――。大事なのは爆破させるメカニズムだ。そこに攻略の糸口がある。

「異能を見られたからには生かしてはおきません。それが戦う異能者の鉄則です」

「……弾が防げてもこいつはどうかな」

　ミナトは再びグレネードを取り出し、ピンを抜いてフィニアスの横の壁に投げつけた。

「ちぃッ！」

　フィニアスは壁に跳ねたグレネードに無色のシールドをかざす。同時に爆発。今回はスモークではなくフラググレネードだ。爆発によって飛ぶ破片で攻撃する殺傷武器。

　目にも留まらぬ速さでフィニアスに降《ふ》り注《そそ》ぐ金属の破片たちは、無色のシールドに触れると赤熱化して、大気圏で燃え尽きる流星のようにかき消えていく。

「ぐぅ！　この程度でッ！」

　しかし爆発の衝撃までは防ぎきれないようで、フィニアスはよろめいた。

　無色のシールドからフィニアスの側頭部がはみ出していた。

この瞬間を狙うしかない。片手で銃を構え、引き金を引く。

一射目――側頭部を狙うが射線がわずかにずれ、シールドの縁に着弾。弾丸が爆ぜる。

二射目――狙いを調整して放たれた弾丸はフィニアスの髪をわずかに散らす。

三射目――二射目より狙いは正確で、側頭部を切り裂き、血が吹き出す。

四射目――は撃てなかった。銃のスライドが下がっていた。

弾切れだ。

三発でしとめられなかったのが悪い。

肩で気絶している邪魔な荷物に苛立ってしまいそうだった。

リロードしている時間はない。フィニアスが血に汚れた顔を歪めながら体勢を立て直し、突進し始めた。

「ハハッ！　今度はこちらの番です！」

フィニアスが無色のシールドを振り払うと、シールドが側《そば》の壁に食い込んだ。コンクリートがひび割れ、網目状に組まれた鉄筋が赤熱しながら爆ぜていく。

「味方《ランバート》ごと攻撃するつもりか！」

「戦いの中で死んだのなら部下にも言い訳がつく！」

「チッ！」

飛び退いて距離を稼ごうとするが間に合わない。爆ぜた鉄筋の破片や、コンクリートの瓦礫《がれき》が濁流のように降り注ぎ、ミナトの身体を強《したた》かに打ち据えていった。

激しい痛みと衝撃を前にミナトの意識はブラックアウトした。

○

ミナトは意識を取り戻すと、仰向《あおむ》けに倒れていた自身の身体を起き上がらせる。

感覚からして意識を失っていたのは三秒ほど。とっさに飛び退いた勢いで南の壁際までやって来られたようだ。

壁一面のガラス窓に鉄筋や瓦礫の破片が突き刺さりひび割れていた。

状況はよくない。

飛び退く際に身体を後ろに倒して、受けるダメージを最小限に抑えようとした。しかし、肩や腕、太ももにも破片が食い込んでいるし、頭もくらくらする。瓦礫を食らったようだ。

なによりもよくないのが――。

「ひゅー……はぁー……」

ミナトの後方。窓の近くで倒れているランバートは、腹に長い鉄筋の杭《くい》が突き刺さり、浅い呼吸を繰り返していた。鮮血がこぼれ落ち、床が濡《ぬ》れている。

ランバートに死なれたら、ララの異能がわからなくなる。応急手当をしなければならないが、そんな猶予はない。瓦礫を踏みしめながらフィニアスが立ち止まる。ミナトまで十歩の距離。

これがフィニアスの間合いの内なのだろう。

ミナトはなんとか手放さなかった弾切れの銃に感謝しながら、新たなマガジンを装塡《そうてん》。衝撃で湾曲したかもしれないサプレッサーを外して捨てる。

「公安がボスを連れて行こうとするなら、おそらく救世主の情報が欲しいのですね？」

「さあな」

「ふっ、そうですよね。公安とも認められないし、話すつもりはないと……」

ミナトの沈黙に、フィニアスは両手を突き出し、無色のシールドを展開する。右手だけでも厄介だったというのに今度は両手から二枚のシールドが現れた。

「まずは手足を潰す！　そして殺してくれと懇願するようになった貴方《あなた》に喋《しゃべ》っていただきましょう！　安楽な死を対価にね！」

「死ぬのは困るな。明日は公園で遊ぶ約束をしているんだ」

「公園？」

ミナトは両手で拳銃を構えた。

「悪あがきですよ？　惨めなものだ」

失笑しながら無色のシールドで守りをかためるフィニアスの胸めがけて、引き金をしぼった。

耳朶《じだ》に響く銃声。

銃口から硝煙《しょうえん》が上がり、照準の先で、ゆっくりとフィニアスが膝からくずおれた。

思った通りだ。

フィニアスが目を見開く。

「はぁッ!? ……弾丸を、防げなかった……だと……」

「さっきの一撃で仕留められなかったのが仇《あだ》になったな」

「な、なに……?」

胸を抑えるフィニアスへ、さらに銃撃を加える。

腕、肩、腹、脚、胸――。容赦なく撃ち込んでいく。

痛みに悲鳴を上げながらフィニアスは不思議に思っているだろう。自身の異能が弾丸を防げないことと、自分が撃たれながら死なないことにだ。

フィニアスが這《は》いつくばり、目を見開きながら、床に転がっている黒い物体に注目する。

「っあ……ぐぅ……こ、これは、……ゴム弾? まさか……俺の異能の正体を、見破って……」

「そう。あんたの能力は電子レンジのようなものなんだろ? 手を中心に発生する力場は高周波を照射して特定の物体だけ温度を急速に上昇させる。だから金属は吹っ飛ばせてもゴムはどうにもできないんだ」

「バカな、攻撃をしたのは一度だけです、それだけで見破るなんて……」

「それで十分だ。一度見れば、どんな異能者にだって叩き伏せてみせる」

言いながら自身の幸運にミナトは少し驚いていた。今回は装備が多く、余分なものは置いていくつもりだったが、ララたちのもとに駆けつけることになった場合を考えてゴム弾のマガジンを一つだけ持ってきていた。想定とは違う使い方だが、持ってきて正解だった。

フィニアスの異能の正体を見破るのはミナトには容易《たやす》かった。異能が弾丸と鉄筋という金属にしか反応しなかった時点で、察しはついていた。

残弾は残り五。

ミナトは愕然とするフィニアスの頭部に狙いを定めた。

ゴム弾は予備のマガジンを持ち合わせていない。すぐに決着をつける。

引き金をしぼろうとして、——目がくらんだ。

フロアにまばゆい閃光《せんこう》が走ったのと同時に、銃が急速に熱を帯びる。

「なっ⁉」

閃光によって視界がくらむ。辛うじてフィニアスから目を離さないでいたが、やつが動いた様子はない。手の違和感に気付く。拳銃の銃身が半ばで穿《うが》たれ、赤く溶けていく。もう使えない。すぐに捨てる。

「ふっ、間に合ったようですね」

打ちのめされていたフィニアスの目に怪しい活力が宿った。

気配を感じて視線を向けると、浅黒い肌をしたスキンヘッドの男がたたずんでいる。男は右目を手で覆い、見開かれた左目は青く輝いていた。

顔に見覚えがある。指名手配されている犯罪異能者だ。

「レーザー攻撃か！」

驚嘆する間もない。続いてスキンヘッドの男の背後から、タイトなコートを着込んだベリーショートの女が低い姿勢で駆け込んでくる。

女は鋭く目を細めてから大型のナイフを抜き、ミナトに斬りかかってきた。

「くっ！」

ミナトもナイフを抜いて応戦。

迫りくる刃を受け止めようとするが、想定以上に踏み込んでくる女の姿に嫌な予感を覚えて身をよじる。

不利な姿勢での受けになるが、判断は正解だった。

女のナイフが、ミナトのナイフを立体映像のようにすり抜けた。――にも拘《かか》わらず、次の瞬間。女のナイフはミナトの胸を確かに切り裂く。血が舞った。

「こいつも異能者か！」

傷は浅いが、正体不明だ。映像を作り出す能力か、物体を透過させる能力かはわからない。間合いを取るために蹴りを放つが、女が飛び退いてミナトから離れる。

さらなる気配を感じた。

フィニアスの後方に髭面《ひげづら》の大男が立ち、頬を膨らませて息を吐く。

男の口から漏《も》れ出た息は雹《ひょう》と霜を伴い、ブリザードとなってミナトに襲いかかる。

直接的なダメージは少ないが、身体は冷やされ、鉄筋の破片で受けた怪我《けが》には鈍い痛みが加算され、体力を失っていく感覚があった。

ミナトの背後にある割れかけの大窓が雹に打たれ、大きく亀裂が走る。

「健闘をたたえますが、残念でしたね。グリップスの異能者は俺一人じゃない」

フィニアスが立ち上がり、勝ち誇った笑みを向けてきた。

「……殺すのはまだです。彼には聞くことがあります」

再び閃光。

次の瞬間には耳に高熱を感じた。床に二つに分かれた骨伝導イヤホンが落ち、スキンヘッドに狙撃されたのがわかった。通信手段を狙われたというわけだ。

かなり高い精度の攻撃だった。身を反らしていなければ耳まで持っていかれただろう。異能の正体が光だとわかっているならスモークグレネードで対策できる。ただしレーザー攻撃とのスピード勝負になるし、ナイフの女と大男がフォローに入るはずだ。

ナイフの女が持つ異能の正体がわからない以上、迂闊《うかつ》に格闘戦もできない。

いまは打つ手がない。ここまでか——。

——普通の暗殺者ならそう考えるのだろう。

ミナトがナイフを構え直すと、フィニアスが憎々しげに顔をしかめた。

「……気に食わないですね。この状況でまるで戦意を失わないとは……」

「ようやく身体が温まってきたんだ。無駄話で時間を稼ぐのはやめてくれ」

「足し算ができないのですか？　無能力者《バニラ》が能力者四人相手に勝つつもりなど馬鹿《ばか》げている」

「どうかな。これよりキツイ状況なんて数え切れないくらいこなしてきた。それに師匠との修行に比べれば、ほんの地獄の入り口辺りで遊んでいるって感じだ」

「なに？」

「自分の命の心配をしろ。と言っているんだ」

表情を失ったフィニアスが右手で銃の形を作り、スキンヘッドに目配せする。

「彼の利《き》き腕《うで》を吹き飛ばしてください。右腕です」

レーザーなら焼きながら切断できるから、捕虜を失血死させずに弱体化できるというのだろう。説明せずに通じ合っているあたり普段からやっている手段に思える。

ミナトはスキンヘッドの男にナイフの切っ先を向ける。

「次にレーザー攻撃をするとき、お前は死ぬ――」

片目を手で塞《ふさ》いで攻撃に移ろうとしていたスキンヘッドの男が怯んだ。それほどに、ミナトから発せられる殺気は高まっていた。

「やってみろ。あんたに生き残れる自信があるのならな」

ミナトは告げる。フィニアスたちにとって思いもしない状況だったに違いない。異能をもって脅迫しているというのに気圧《けお》されるなど、人生で初めての経験だったろう。

圧倒的に有利なはずのスキンヘッドがおそるおそる攻撃に移ろうとし、ミナトは身体に戦意をみなぎらせる。

次の瞬間には決着がつく。その場にいた誰もが覚悟したときだった。

ブブブブブブブブブ――――。

「ッ……」

フロアにスマートフォンのバイブレーションの振動が響いた。

二度三度とコールが続く。

気圧されていたフィニアスが辺りを見渡す。

「だ、誰です?」

制するようなフィニアスの言葉に応《こた》え、ナイフを構える右手を少し上げる。

「俺だ」

骨伝導イヤホンが破壊されて無線接続が切れたため、スマートフォンの音が内蔵スピーカーから発生したようだ。

任務を楽しむような趣味はないが、良いところだったのにと思ってしまう。仕事に水を差されるのは嫌いだ。

しかし、この着信は出ないわけにはいかない。

「悪いが出るぞ。動いたら殺す」

ミナトはそう言って左手でスマートフォンを取り出し、耳に当てる。

右手のナイフはそのまま敵に向けていた。鋭く殺気を込める。

ミナトの行動にフィニアスたちは唖然《あぜん》としていた。

『あ、ミナトくん？　いま大丈夫だった』

すぐにスピーカーからエリカの声が聞こえた。

「ああ、問題ない」

『あれ、仕事終わったの？』

「もうちょっとだ。それでトラブルか？」

『あートラブルっていえばトラブルね。なんかララが寝付けないみたいで、ミナトくんの声を聞きたいっていうのよ』

「そうか、代わってくれ」

『うん、ほらララ、ミナトくん』

ガサガサと雑音がして、ララの息遣いが聞こえた。

『むーん！』

「どうしたララ？」

『ララ怒ってる！』

「なんで？」

『エリカちゃんが嘘《うそ》ついた！　ララ寝てたのに！　エリカちゃんが椅子《いす》に座ったまま居眠りして、バターンって倒れたからララ、ビックリして起きたんだよ！』

『ララ、余計なこと言わないでいいの！』とエリカ。

『むーん！』

フィニアスとその部下たちから殺気を向けられているというのに、笑ってしまう。

「そいつは酷《ひど》いな」

『うん！　嘘ついたらダメ！』

「そうだな」

『おとーさんも嘘ついたらララに怒るもん！』

「ふ、納得できないなら、別にエリカさんを許さなくてもいいぞ」

『……それはエリカちゃんが可哀想《かわいそう》だから嫌だ』

「じゃあどうするんだ？」

ララがしょんぼりと小さな声になった。

『エリカちゃんと明日遊ぶまでに仲直りする』

「それがいいかもな」

本心から言った。ララがエリカに怒っている姿はあまり見たくないと思ってしまう。

『ミナトさん、あした公園来れる？　ララ、怖い夢見た。ララが待ってるのに、ミナトさんが夜まで待っても来ない夢……』

「大丈夫だ。そろそろ仕事も終わる。予定通りにな」

『ほんと？』

「続きは公園でな、ララ」

返事を待たずにミナトは通話を切った。

ララの、おやすみなさい、と言う声が途中で途切れた。

さすがにスキンヘッドの男も舐《な》められていると思ったのだろう。怒りに顔を紅潮させていた。

フィニアスの指示が来ればすぐにでもレーザーを撃つのがわかる。

一方でフィニアスは怪訝《けげん》な顔を浮かべている。

「ララ？　それは救世主の名前では……」

「あんたたちが気にする必要はもうない」

ミナトはランバートの側《そば》まで下がり、肘で窓ガラスを強く叩く。

すでにひび割れていた窓は薄氷のように割れて、ガラス片が外に落ちていく。

一気に港湾地帯特有の、生臭い風がフロアに舞い込んできた。

「っ――！　動くな！　飛び降りれば逃げられるとでも思っているのですか！」

はっ、と気を取り戻したフィニアスが叫ぶ。

「一つ教えてやる。暗殺者は準備が八割だ。他の異能者が集まってくるのは最初から想定していた。だから俺はお前たち全員を一度に始末する準備をしておいた」

ミナトはスマートフォンを操作。

電話がかかったいまなら、妨害電波は停止している。ギリギリのタイミングだった。

爆破用のアプリを起動させ、すべての起爆ボタンをタップする。

同時に地獄の底から響くような爆発音と、地響きが始まる。ビルが揺れ、鍛えられているはずのミナトもグリップスの連中もバランスを崩してしまう。

「なにをした⁉」

「お前たちが集めた爆薬と弾頭を使って二階を爆破した。ビルを倒壊させるのに効率的な配置にしてな。お前たちは自らの策謀に飲み込まれて死ぬんだ」

ララ襲撃までに不明の異能者たちを相手取り、ランバートも攫わなければならない。それらを簡単にできると思うほどミナトは自惚《うぬぼ》れてはいない。

普通のやり方では達成できない任務だ。

だからビルごと潰す。

サポートの男にフロアのどこを破壊すれば倒壊させられるか計算させ、十五分足らずで、すべての手筈《てはず》を整えた。

その結果がいまだ。

「自分ごと俺たちを倒すつもりだったのか⁉」

「そんなわけないだろ」

ミナトは側《そば》のランバートを左脇《わき》に抱え、窓の縁に足をかける。

すぐに地鳴りとは別の轟音《ごうおん》が上空から近づいてきた。

『ミナト！　待たせたな！』

窓の外には、滑り込むようにミナトが乗ってきた青灰色のヘリコプターが現れ、突風がその場にいたものたちに襲いかかる。

副操縦席でサポートの男がスピーカーで怒鳴り、急ぐよう手でジェスチャー。

ミナトはビルの外壁を降りるために持ってきていたワイヤーガンを取り出す。

ヘリコプターの下部についている着陸用の脚《スキッド》に狙いをつける。

ワイヤーガンから弾頭が射出される。ヘリの脚の隙間《すきま》に潜り込むと、弾頭が十字に広がり、ワイヤーが固定される。

「待て、逃げるなぁああああああああああああああ‼」

崩れる床に飲み込まれていくグリップスの異能者たちのなかで、フィニアスが絶叫しながらミナトに向かって駆け出した。

「悪いがここまでだ」

ミナトは夜空に向かって身を投げ出した。

落下後、すぐ右肩に激しい衝撃を感じた。ヘリの脚に固定されたワイヤーが伸び切り、ミナトは空中で制止する。なんとかワイヤーガンを離さずに済んだ。

ギリギリのところでビルが折りたたまれるように崩れ落ち、グリップスたちを飲み込んでいった。大量の砂塵《さじん》が吹き上がり、ミナトとヘリコプターを巻き込む。

ミナトが最後に見たのは、絶望するフィニアスの顔だった。


問題はここから。

ミナトとランバートという二人分の重量をミナトが片手で支えなければならないのだ。

ヘリコプターが上昇し、砂塵を抜ける。

ミナトは腕がしびれ、手が攣《つ》りそうだった。ワイヤーガンを操作し、ワイヤーを巻き取り始める。過分な重量のせいでワイヤーガンから焦《こ》げ臭《くさ》い匂いがしたが、なんとかヘリコプターに乗り込むまでは保ってくれた。ランバートを後部席に寝かせる。

『よくやったミナト！　絶対始末書もんだけど、さすがはカインさんの弟子だ！　カインさんの活躍を見ているみたいだったぜ！』

師匠みたいは余計だと言いたかったが、それどころじゃない。ローターの騒音に負けないように叫ぶ。

「急いで医療施設に向かってくれ！　このままだとランバートが死ぬ！」

『わ、わかった！　――こちらゴースト1、重症者一名。繰り返す――』

男が無線を手に取り、連絡を取り始める。

ミナトはジャケットを脱いで、椅子に横たわらせたランバートの腹部に当てる。ランバートの唇からは生気が失われ、目も虚《うつ》ろだ。鉄筋が刺さった腹からは、血が流れ続けていた。

この男から情報を聞き出せば、ララとエリカとの生活も終わりだ。

それともこの男が死ねば、まだあの生活が続くのか。ふざけた思考が頭をよぎり、振り払うようにミナトはため息をついた。

馬鹿げている。ミナトは暗殺者だ。託された任務は必ずやり遂げる。

○

首都圏内の総合病院にヘリコプターは着陸し、ランバートはオペ室に運び込まれた。ランバートの傷は内臓を大きく傷つけていて、命が危険視されていた。

ミナトも手当を受けた。身体に突き刺さった鉄筋の破片を抜いてもらい、念入りに消毒され、傷口を縫った。合計二十五針だ。思っていたよりはダメージをもらっていた。

その後は炭酸グレープジュースを買い、報告書を書きながら時間を潰した。夜が明けると、ランバートの手術も終わった。

ランバートは一命をとりとめた。もともと薬の売人だったが自身で薬物を楽しむタイプではなかったようだ。おかげで健康体だったため、体力が保《も》ったわけだ。

ランバートを捕まえたことで警察もやって来たので、ミナトはランバートの警護を任せて、着替えをしにいくことにした。

ミナトのスーツやシャツは耐刃や耐弾性能のある戦術的に意味のある服だ。ボロボロのままではいられない。

病院からはセーフハウスより公安本部の方が近い。寒々とした朝の空気の中、本部に戻り、セクター9に置いてある予備のスーツに着替えた。

失くした銃やナイフ、予備の弾倉、骨伝導イヤホンも補充した。

予定にないビルの倒壊を巻き起こしたことで室長に文句を言われるかと思っていたが、室長は不在だった。まだ朝の六時だからといえばそれまでだが、大体セクター9にいる男だったから少し肩透かしな気分だった。

同じく公安に戻っていたサポートの男に「お疲れさん」と声をかけられ、「お前のいまやっている任務ってランバートが情報を吐いたら終わるかもしれないんだろ？　良かったな」などと言われた。

「そうだな、せいせいするよ……」

とだけ返事をして、公安本部を出た。

○

公園に到着して、いつもララたちと遊ぶ広場のベンチに座った。

約束を守らなければならない。

なぜかララとの約束を破る想像をすると酷い罪悪感に駆られた。

もしララが禁忌とされる異能を持っているなら精神の操作かもしれない。

催眠のような能力をララが使ったのなら、師匠がララを殺せなかった理由もわかるし、ミナトがララが誘拐されたときにリスクを無視して飛び込んだ説明がつく。

自嘲したくなるほどの現実逃避じみた妄想だった。

もし、いよいよという場面になったらララはミナトに異能を使うのだろうか。

なにか胸に引っかかったものがあるなかララと対峙《たいじ》するより、ララにやられてしまう方が楽な道に思えた。

だが、それはダメだ。

ミナトにとって死は、自由と正反対の概念だ。

死んでしまえばなにもなせない。すべての選択肢を失ってしまう。

誰かに強いられる人生など望んでいない。自分の生き方は自分の意思で決める。

だからミナトはララを暗殺者として――。


まだ確定しているわけではないのだから考えすぎかもしれない。

すべてはランバートが目を覚まして、司法取引や尋問でララの情報を吐かせてからだ。

それでも残り二日か三日くらいか。

それまではせいぜいララの義兄のふりをしていよう。しかめっ面の酷い顔になっているのが自分でもわかる。気を取り直すために息を大きく吐いた。

「おーい！」

遠くから声が聞こえた。

見れば、公園の入り口に手をつないだララとエリカが来ていた。

ララは機嫌を直しているようでミナトは安堵《あんど》する。

ララがエリカの手を離して走ってきた。普段着のララは首からカメラをぶら下げ、ミナトの言いつけ通り帽子を被っていた。

転ぶなよ、と思っていたらララが目の前までやってきて、指を差してくる。

「ミナトさん、いた！」

「そりゃあ約束だからな」

「えへへ！　ララも約束守った！」

遅れてエリカも追いついた。

エリカは休日なのになぜか制服姿で箒《ほうき》を肩にかついでいた。

「なんでまた箒を持ってきたんだ？」

「ああ、ララに飛んでるところを撮ってもらおうかと思ってね」

「制服は？」

「こ、この方が魔女だってわかりやすいでしょ……」

「SNSに上げる気か？」

「別にいいじゃない？　たしかにいい写真を撮ってもらえたらSNSに上げるけど、わたしが写ってるやつだけよ。ちゃんとそれくらいの分別ありますから！」

「本当だな？」

「本当です！　位置情報《イグジフ》も消すし、写真も一部を切り取ってどんなカメラで撮ったかわからないようにするわ」

言い合っていたら、パシャリ、と音がする。ララが悪戯《いたずら》そうな笑顔でカメラを構えていた。

「エリカちゃんとミナトさん撮った！　二人は仲良し！」

「どれどれ、見せてごらんララ」

エリカがララの側に寄り、背面モニターの映像を見る。ミナトも続いた。

「あはは！　タイミングバッチリ！　ミナトくん半目になってるわよ！」

「あんたも半目だろ！」

ララは最悪のタイミングでシャッターを押したようだった。

「うん、これは他人には見せられないわね。ララ、この写真は削除しましょ」

「や！」

「えー、お願いララ、わたしこの写真が他人に見られたら恥ずかしすぎて死んじゃう」

「……うーん、じゃあララの撮りたい写真撮らせて！」

「交換条件⁉　まあいいか、それでララはどんな写真撮りたいの？」

「ララ、三人で写真撮りたい！　おとーさんが帰ってきたときの練習！」

簡単な条件だとミナトは思っていたが、エリカは眉《まゆ》をひそめて悩む。

「困ったわ。わたしいつもスマホで撮ってるからコンデジ用の三脚は持ってないのよね」

「ベンチにカメラを置いてタイマーで撮ればいいだろ」

「ええ？　ベンチにカメラ置いたら姿勢も低くなるし、なにより方角的に逆光よ！　逆光の写真て難しいのよ！」

「完璧《かんぺき》に撮ろうとしてるのか」

「そりゃあ遊びは全力でやるから楽しいのよ！」

「ララもがんばって遊ぶと楽しいと思う！」

「ララはわかってるわね！」

「あのね、ミナトさん。遊びには来るけど、恥ずかしがって混ざろうとしないの一番つまんないと思う！　みんなで遊ぼ！」

「なんか俺を批判してないかララ?!」

純真なララの訴えに、もう少し積極的にしたほうがいいのかと考えてしまう。

「カメラのストラップをどこかの木にでも引っ掛けて撮ろうかしらね。でもそうすると木の影が入っちゃうかな」

ミナトがララの言葉に軽いダメージを受けていると、話の発端のエリカは素知らぬ顔でロケーションを探していた。

樹木とベンチ以外なにもない公園だ。エリカが悩んでいると、ふいに声をかけられた。

「では私が写真を撮ろうかい？」

聞き覚えのある声だった。ここにいるはずのない男の声に、ミナトは心臓を鷲掴みにされるような衝撃を受けた。

振り返ると、左手で杖《つえ》をついた金髪の優男《やさおとこ》が佇《たたず》んでいた。

「室長……、なんでここに？」

もし眼《め》の前の男が敵だったら、すでに殺されていたかもしれない。そう思うほど、室長の気配の消し方は見事だった。

　熟達された暗殺者の技に舌を巻くのと同時に、ミナトは胸騒《むなさわ》ぎを覚えていた。

「誰？　ミナトくんの知り合い？」

　呑気《のんき》にエリカが聞いてきた。

「俺と師匠の上司だ」

「え、そうなの？　やだ……」

　エリカがそそくさと動き、箒を片手に一礼する。

「いつも父がお世話になっています。カインの長女のエリカ・フリューゲルです。高校二年生の魔女です」

　室長は微笑で答える。

「うん、久しぶりだね」

「え？」

「覚えてなくても無理はない。きみが三歳のときにカインに連れられて会ったことがあるんだよ。きみは私がストロベリーのソフトクリームを買ってあげて、ようやく笑ってくれたんだ」

「あー、あれかー。あはっ、その節はお世話になりました……」

「覚えてないようだね」

「あはは……。すみません……」

エリカが猫をかぶっている。普段なら指摘してみたくなる状況だが、いまはそんな気分にもならない。

「おい。世間話をしに来たわけじゃないだろ。偶然通りかかったなんて言っても信じないぞ」

「確かめたいことがあって来ただけだよ」

「エリカさんたちの前でか？」

「そう、そっちの小さい子に用がある」

そう告げた室長の右手に、気づかぬうちにサプレッサー付きの拳銃が握られ、ミナトが止める間もなく発射された。銃口はララに向かっていた。

「なっ⁉」

「ふわんっ！」

ミナトが振り向くと、弾はララの後方の地面を穿ち、煙を上げていた。

室長が外したわけではない。ララがいつの間にかしゃがんでいて、偶然狙いがそれた。

もし立ったたままなら、ララは死んでいた。

再び、室長に動く気配を感じた。跳ねるようにララがミナトの背中に隠れ、ミナトは室長が構えようとした銃のスライドを摑《つか》み、撃てないようにした。

「なんのつもりだ！」

「彼女の異能を確かめたんだ」

「ララの異能だと……」

「そう、救世主ララの異能は未来予知だ」

「ッ…………」

「お前が反応できなかった初撃をしゃがむだけで躱《かわ》し、お前の背中に隠れて、次をやり過ごす。お前が私を制するとわかっていたからだ。未来を知らないとできない完璧な回避方法だ」

「ランバートに吐かせたのか？」

「意識を取り戻したので自白剤を使ったよ。いままでの状況から正しい情報だと確信した」

室長の言う自白剤とは、幻覚剤の一種だ。脳を麻痺《まひ》させて理性を飛ばし、うわ言のように言葉を漏らさせる。ドラッグと同じで心拍数や血圧が上昇するため、重症者に使うのは致命傷になりかねない。室長はそれほどまでにララの情報を欲しがっていたらしい。

「未来予知ができるなら、ララが誘拐されたことの説明がつかない」

「異能をコントロールできない子供は窮地にのみ能力を発動させる。つまりお前が助けに来るのなら窮地としてカウントしなかったというわけだ」

「ただの推測でしかない！」

「そうは言っても、思い当たる節はあるんじゃないか、ミナト？」

ミナトは答えなかった。

ララと初めて会ったとき、ララはミナトが来るのをわかっていたかのように、完璧なタイミングでエレベーターを降りてきた。

ララが誘拐されたとき、ララはアスファルトの背中しか見えない方角から、アスファルの不意打ちを看破して、ミナトに危機を報《しら》せた。

ララとショッピングモールに行った際に、ララはテロリストのミゲルが立ち上がっただけで、誰よりも早く爆弾の入ったリュックサックを忘れると言い出した。

ララは昨夜エリカに電話をさせ、結果的にフィニアスの注意を引き、ミナトを助けた。

「時が来たんだ。ミナト」

ララには違和感があったのは確かだ。一つだけなら偶然と切り捨てるのもできたが、何度も偶然が続くと感づくものはあった。

黙っているとエリカが一歩前に踏み出そうとした。怒っているようだ。顔が険しい。手で制しようとしたが、エリカは止まらない。

「ちょっと待ちなさい！　ララの異能が未来予知だからってなんで銃で撃ったの⁉　どんな理由があっても許さないわよ！」

「未来予知は時間を先読みする、禁忌に属する異能だ。魔女連がどう対応するのか知りたいものだね」

「もちろん保護に決まってるでしょ！」

「どうかな。過ぎたるは及ばざるが如《ごと》し。自分たちを超える禁忌の力を持つ彼女に、保身が趣味な魔女連の老人たちがどう出るかは火を見るより明らかだ。だからきみのお母さんも苦労しているんだろう、違うかい？」

「それは……」

痛いところを突かれたのか、言い合っていたエリカが口ごもる。魔女なら異能者は保護するものだが、ララの力は魔女にとっても例外らしい。

「ララの異能、わかったの？」

当の本人はぼんやりとミナトのジャケットの裾《すそ》を引いて聞いてきた。

答える間もなく、辺りから他の気配を感じた。

周りを見れば見知ったセクター9の暗殺者たちが現れ、包囲するように距離を詰めてきた。数は六。どれもがミナトと同じようなスーツを着ている。不穏な空気にエリカが狼狽《ろうばい》した。

みな表情を消しているが、強く警戒しているのがわかる。下手に動けばやられる。

「師匠は俺にララを託した。あんたの出る幕じゃない」

「そうだね。友としてカインの遺志は尊重する。だからあいつの弟子であるお前が間違わないように、手助けをしよう。お前を惑わせる家族ごっこもおもうお終いだ」

室長は微笑みながら、ミナトの陰から顔を出しているララを覗き込む。

「いいかい、ララ。カインは死んだんだよ」

「……え？」

「もう、あの家には帰ってこないんだ」

キョトンとしていたララだが、やがて言葉の意味を理解して首を横に振った。

「おじさん嘘ついてる！　おとーさんとみんなで写真撮る約束、エリカちゃんとミナトさんとしたもん！」

「きみは少し先の光景を見ることができる。その光景にカインの姿はあったかい？」

ララが室長から目をそむけて、すがるようにエリカを見た。

「ねー、エリカちゃん、おとーさん、生きてるよね？」

「……あ、あのね、ララ――」

「ッあ――ミナトさん！　おとーさん帰ってくるよね⁉」

エリカの言葉を遮《さえぎ》るようにララは声を荒らげた。

もうララもわかっているのだろう。騙《だま》す必要はなくなった。

「ララ、師匠はもう帰ってこない」

そう告げたら、返事の代わりに、ドン、と腰に小さな衝撃が走った。

振り返ると、拳を振り上げたララが目に涙を溜めていた。

ララに叩かれたのだろう。ララは怒っているんじゃない。悲しくてわけもわからず、反抗しただけだ。

昨日、フィニアスから受けたダメージよりも、なにか耐え難いものがあった。

「ウソだもん！　やだ！　ララ、嘘なんて聞きたくない！　みんな嫌い！」

ララが踵《きびす》を返して、その場から逃げ出した。公園の入り口の方へ、必死に駆けていく。

「待ってララ！」

エリカが追いかけようとするのだが、包囲していた女暗殺者が身体を割り込ませて進路を塞いだ。

他の暗殺者がララに手を伸ばしたが、ララは振り向きもせずに軌道を変えて躱してしまう。

室長が首を横に振った。

「よせ。未来を予知できるのならば、捕まえるのには策を講じる必要がある」

「どいて！」

エリカは進もうとするが、女暗殺者は道を譲らない。

女暗殺者は鋭い目つきをしていた。素人のエリカから見ても、恐ろしい相手に感じたのだろう。エリカが助けを求めるように振り返ってくる。

「ミ、ミナトくん！」

ミナトはあえて無視した。ミナトはセクター9の暗殺者。結局は室長側だ。

エリカを、それにララも助けることはできない。

「どうして……？」

エリカが悲しげな表情を浮かべた。裏切られたと思っているのかもしれない。

それで良かった。エリカたちとミナトの道は交わっていない。たまたま師匠のせいで歩む道が近づいて、合流もせずに離れていくだけなのだ。

暗殺者として、なんの感傷も抱いてはいけない。

「師匠と俺はこの人たちの仲間だ。俺は、もうエリカさんたちとは一緒にいられない」

「なにそれ……」

「ミナトは君が思っているような人間じゃないんだよ。カインもね」

「すまない、エリカさん」

「……ッ！」

最後のつもりで告げたら、エリカが目を見開いて、飛びついてきた。

ミナトの手首を摑んで、エリカは必死に訴えた。

「きみと父がなにをしていたかなんて知らない！　でも今日までララと暮らしていて、楽しいと思わなかったの？　短い間かもしれないけど、大切だって感じなかった？　全部が嘘だなんて言わせない！　だってきみは、わたしたちを怖がらない。そういう人だった！」

〝ミナトさん、大好き！〟

ミナトはララが抱きついてきた日のことを思い出していた。

あのときはララを守らないといけなかったから、たしかに任務よりララを優先した。

師匠から託された遺言のため、暗殺者としての判断だ。

ならミナトの意思はどこにある――？

ふとあのときと同じ温かさを感じた。

エリカが首に腕を回して抱きついてきた。

エリカはミナトの耳に顔を近づけ――、

「目を瞑って」

そっと囁《ささや》いた。理性がエリカを突き放せと訴える。しかし身体は何故《なぜ》か動かず、導かれるまま目を閉じてしまう。まぶたの裏から強烈な赤い光を感じた。周りの暗殺者からうめき声が漏れ、エリカに腕を引っ張られた。

「こっちよ、ミナトくん！　急いで！」

おそらく目くらましに閃光を発生させる魔術を使ったのだろう。包囲していた暗殺者たちはよろめいてバランスを失っていた。

そんななか室長だけは平然と立っていた。

どう閃光を予期したのかはわからない。ただ穏やかな二つの青い瞳《ひとみ》が、ミナトに歪《いびつ》な期待を寄せていた。すべて想定の範囲内なのだろう。

そのままエリカに連れられて公園の外に出た。

○

「ララがいない！」

歩道に出て、エリカが悲鳴を上げる。

「未来を予知できるんだ。俺たちを本気で拒絶するなら絶対に見つけられない」

「そんなわけない！　どこかで心細くて、わたしたちが来るのを待っているはずよ！　ミナトくんのヤバそうな上司もいるし、早く見つけてあげないと!!」

「待てよ。さっきも言ったが俺はあの人の部下だ。エリカさんの思うようには動けない」

「違う、ミナトくんはララのお兄ちゃんで、わたしの根暗な同居人。有り体に言えば家族よ」

「なぜそう言える？　俺がなにをしているか勘づいているはずだろ！」

「きみは家族。わたしはそう想っているから」

エリカは言い切った。

真っ直《ます》ぐな目をしていて、目がくらみそうで、とても見ていられなかった。

「……強引《ごういん》だな」

「うん。じゃないと異能者と非能力者の架け橋になる魔女になんてなれない。わたしの家族にはね、きみみたいな人が必要なの。協力してね」

他人の側《そば》に居場所がある。そんなの考えたこともなかった。

「俺は……」

「答えは聞いてない。ララを探すわ。手分けしましょう、わたしは西側、ミナトくんは東側のブロックを探してね！」

そう言い残して、エリカは箒にまたがり、爆音を鳴らして飛び立った。並ぶビルの陰に隠れて、エリカの姿はすぐに見えなくなった。

本当に強引だった。人の事情も考えずに迷惑なんだ。

だけど、この胸の中がざわめく感覚はなんだろう。ミナトは立ち尽くしていた。

ポケットに入れたスマートフォンが振動した。

取り出して画面を見る。室長からだった。

通話アイコンをタップして、耳に当てる。

『カインの娘だというのに愚かな振る舞いだ。わたしたちのやり取りを聞いて、お前をまだ味方だと思いこんでいる。手分けして探そうなんてね』

〝あんたがエリカさんを評価するな〟と言葉にはしなかった。

エリカを裏切る自分が言うのを想像して吐き気がした。

『さっきも言ったがカインの遺志は尊重したい。私たちは撤収する。お膳立てはしたんだ。あとは任せるよ、ミナト』

「部下を連れてきたのは、俺が錯乱してあんたに仕掛けると思ったからか？」

『あくまで救世主が悪意を持っていた場合を考慮した、と言っておこう』

人員不足のセクター9であれだけの暗殺者を動員した。ララもミナトも高く評価されたものだ。ミナトにとって嬉《うれ》しくともなんともないが……。

「ララは未来を視《み》られるだけなんだろ。攻撃力はない。放置してもかまわないはずだ」

『精神、重力、時間に属する異能者は必ず殺す。たしかに未来を視るだけなら、と思ってしまうかもしれない。でも未来が視える人間がいれば彼女を予言者として崇《あが》める社会が形成され、人々は彼女の予言を頼りに生きていくことになる。それはいまある社会の破壊だ』

「ララはまだなにもしていない。セクター9の理念に反するはずだ」

『彼女が善良で心根の優しい存在だとしても、周りが平穏に生きていくのを許さない。戦う前に戦争の勝敗を知っていたら？　投資する前に経済の動向が把握できたら？　魔女の占いとは違いトリックではない、本物の未来の情報だ。誰もが欲しがるだろう。事実、彼女の争奪戦は血で血を洗う殺し合いに発展した。マフィアやテロリストが死ぬ分にはまだいいが、極秘裏に彼女を手に入れようとした陸軍と海軍が同士討ちをしたなんてケースもある』

「ララは……、あの子は――」

『ミナト』室長に言葉を遮られた。『小さな子供を手に掛けるのが辛いのはわかる。だがお前はセクター9の暗殺者だ。暗殺者になった理由を思い出せ』

よく覚えている。本格的な修行に入る前に、師匠と一緒に室長と会ったことがある。雪の降る寒い日だった。

『幼いお前は私に言ったね。〝なぜ他人の自由を破壊するものがあるのか、なぜ人は自分の欲望のために人を傷つけられるのか。もしそんな理由と戦えるなら僕は命をかけて立ち向かいたい〟とね。両親を異能者に殺されたと聞いていた私は、お前がただの復讐者《ふくしゅうしゃ》だと思っていた。だけど違った。あのときのお前の純粋な目を見て、私はいつかセクター9をお前に任せる日が来るのだと確信したんだよ』

室長は続けた。

『少し歩いて冷静になりなさい。どのみち救世主はすぐに見つけられない。何度も私たちから逃れるための予知をし、体力を使い果たし、心細くなって助けが欲しくなってようやく捕捉できるはずだ。そのうち監視ＡＩから情報がいく。――以上だ、宵闇《よいやみ》に捧《ささ》げよ』

そうしてミナトの反論など聞くに値しないというように通話が途切れた。

○

どれほど歩いたのかわからない。

無秩序に道を選んで進んでいった。

高く昇った日が、すでに落ち始めていたが、どうでも良かった。

頭がくらくらして、街の光景が色あせて見えた。


三人殺した犯罪異能者が四人目を殺そうとした瞬間に割って入って、暗殺したことがある。

心の底からやって良かったと思った。

一人殺した犯罪者が、出所後に新たな殺人を犯して終身刑になったとき、一人目の時点で終身刑にすればよかったのにと考えてしまう。

飲酒運転で暴走した車が事故を起こし、死者が運転手だけだと報道で聞いて、無駄な被害がなくてよかったと思ってしまう。

ララも同じだ。

ララがいなくなれば、これから先、ララに関わって死ぬ者と殺される者がいなくなる。

きっとそれが世界のためになる。

誰かの自由のためになる。

いまミナトが何を考えているか、エリカが知ったら、罵倒と拳が飛んでくるに違いない。

いまミナトが何を考えているか、ララが知ったら、きっと怖がり逃げ出すに違いない。

結局、ミナトがいる限り、三人の中で芽生える絆《きずな》や信頼など偽物に過ぎないのだ。

ようやくスマートフォンに新たなチャットが入った。

小さな画像ファイルが送られている。ララの居場所が記された地図だ。

ララが監視ＡＩに引っかかったのだ。未来予知で体力を使い果たし、自分に起こる新たな被害を予知できなくなったのだろう。

未来が予知できたとしても五歳児の体力だ。いまはまだ弱点がある。

エリカに知らせることもできたが、なにもせず地図に指定されたポイントに向かった。

たどり着いたのは東フーゲン市の外れにある無人のビルだった。

しばらく放置されていたのだろう。入り口のガラスドアは破られ、荒れていた。

有刺鉄線をくぐり、割れたガラス扉からビルに潜入する。

屋内でネズミの逃げる足音が聞こえた。

すぐにエレベーターホールにたどり着いたが、エレベーターは電気が入っておらず反応はない。ミナトはエレベーター横の階段から屋上を目指す。

上りながら階段を観察する。

埃《ほこり》の積もった一段一段に真新しい小さな子供の足跡があった。

ララの体力でも立ち止まらず階段を上れたらしい。

エリカが提案したララの体力作りの成果だ。先週、遠くにボールを投げられるようになったのを褒めてやったら、ララは両手を上げて喜んでいた。妙に印象に残っている。

ララの足跡を追い、階段を上り続けた。

前にララとジュースを買いにコンビニに行った帰り、マンションのエスカレーターが点検中になり非常階段を登ったことがある。

始めてマンションの階段の存在を知ったララが、無駄にはしゃいだせいで踊り場で転んで膝を擦《す》りむいた。ララはセーフハウスでエリカの治療を受けながら〝ララは強いから泣かないもん〟と言い張っていたのに、消毒液が染みて涙目になっていた。

ララが我慢したのを褒めてやったらミナトが驚くくらい喜んでいた。

それを見てミナトは――。

いいや、もう止《よ》すべきだった。無駄な考えだ。

ミナトはセクター9の暗殺者として使命をまっとうする。

エリカの顔が思い浮かんだ。

エリカは心の底からララを可愛《かわい》がっていた。二人で風呂《ふろ》に入ったあと、ララをソファに座らせてララの銀髪にエリカがドライヤーをかける姿は本当の姉妹のようだった。

そのあと〝お風呂上がりのジュースプリーズ〟なんて頼まれてジュースを二本持っていった

ら一本足りないと文句を言われ、追加したら、ミナトも飲めと強制された。

ミナトは風呂上がりじゃないというのに、やはりエリカは強引だった。

両親の記憶なんて、遠い過去すぎて、もうほとんどおぼろげだ。

でも家族というものは、ああいうものだったのだろうと、ミナトは思ってしまう。

「俺は暗殺者だ……俺は……」

誰も聞いてないのに一人つぶやいた。

ララの足跡を辿《たど》って階段を登り切る。

施錠のされていない扉を開いて、屋上へ出る。

風が抜けた。西日が差していて、オレンジ色に眩《まぶ》しい。

目がくらむなか、ターゲットを見つけた。

屋上の中央で、しゃがんだララの背中がある。ララは小石を片手に床に落書きをしていた。

「ララ」

ララが、びくっ、と反応し、こちらを向いた。ララの目は泣きはらした跡みたいに赤くなっていた。ララは顔を見られたくないのか、すぐ落書きに視線を戻した。

「……ら、ララの異能、わかったの？」

それでも先にララから話してくれた。

「未来の光景を見られるのは、ララの特別な力なんだ。誰もが持っているわけじゃない」

子供の異能者は自身の持つ異能が特別なものだと分かっていないケースがある。

ララも同じはずだが――。

「ララ、あのおじさんのお話、よくわかんなかった……」

「別にいいさ。あの人の話なんて、ララは聞かなくていい」

「ララ、異能だったら空をぷかぷか浮かぶ能力が良かった」

「エリカさんと空を飛びたかったのか？」

「おとーさんが地球はまわってるって言ってたから。空浮かんでたらいつの間にか他の国に行けたりして楽しいと思う」

「それは宇宙に出ないと無理だ」

「じゃあララ、宇宙行く」

「宇宙は空気がないから苦しいぞ」

「じゃあ空気なくても苦しくない異能がいい」

ミナトはララに近づいていき、ララの手前で立ち止まる。

「そうだよな。未来予知なんてララが欲しかったわけじゃないもんな」

「……………うん。もっと楽しいのがいい」

憔悴《しょうすい》した様子に、ララの体力が尽きているのがよくわかった。

いつでもララにナイフで攻撃を仕掛けられる。首でも、心臓でも、急所ならどこでも――。

悟られぬように後ろ手にナイフを抜く。

次の瞬間固まりそうになってしまう。ララが見上げてきて、目が合った。

「おとーさん、本当に死んじゃったの？」

「ああ。悪かった、いままで言えなくて」

ミナトは何も考えずにララの肩に手を置こうとして、自分がそうするのは違うと思って手を引っ込めた。

「そーなんだ……」

ララは師匠の形見になってしまったカメラに視線を落とした。

「ララ、ほんとーのおとーさんとおかーさん知らない。いつも知らない人と暮らして、たまに違う人にかわって、また違う人と違う場所で暮らすのが普通だった」

「うん」

「でもおとーさんが、おとーさんになってくれるって言ってくれたの。ララ、嬉しかった。ララのおうち初めてできた。だからおとーさんにお礼したかった」

「その礼に家族写真を渡したかったんだな」

「おとーさん、ちょーなんとちょーじょがいるって言ってた。ミナトさんとエリカちゃん。でも最近はおとーさんが頼んでも写真撮ってくれないって言ってた。だからララが頼んで写真撮ってもらえばいいと思った。そしたらおとーさん喜ぶ」

「そうか……」

「ララ、家族写真っていいなって思った。みんなで一緒に写真を撮ったら、きっと幸せ。一人ぼっちのときでも写真見たら寂《さび》しくない」

ララが首にかけられたデジタルカメラを握りしめる。

「でも、ララもう写真撮れない。おとーさんにお礼できなかった。ララ、悪い子。……うぅ……ひっぐ………」

ララが涙を流さないように我慢して、でも我慢できずに顔がぐちゃぐちゃになる。

こぼれ落ちる涙が床に落ちる。

ここまでのようだ。

ララは抵抗すらできないだろう。いまなら未来予知はできない。殺すべきタイミングだ。

ミナトはララの側で、しゃがむ。

右手のナイフを横一文字に振れば、ララを殺せる。

「ララ、師匠がいなくなって寂しいか？」

最後のつもりでミナトが聞くと、ララは目をごしごし拭ってからうなずいた。

「うん……」

「師匠に会いたいか？」

「うん」

さっきよりも力強くうなずいた。

「そうか、そうだよな」

父親を亡くして嘆く娘を父親のもとに送ってやる。

残酷だが、ララには救いになる。

セクター9の標的にされた以上、ララに未来はない。

禁忌とされる力を持っていてもララはこんなにも幼く、か弱い。

これからララの前に現れる人間はララの力を利用したがる者ばかりになるかもしれない。

それは辛い人生だ。

純粋にララの味方になってくれるのはエリカだけ――。

エリカだけでララを守れるわけがない。

ララのためにエリカも死ぬかもしれない。

ならば、ここでララだけが死んだ方がよっぽどマシなはずだ。

でもどうだろう。エリカはそう言って納得するだろうか。

絶対にしないと断言できる。

なぜエリカはララを守ろうとする、魔女だからか？　きっと違う――。

〝今日までララと暮らしていて、楽しいと思わなかったの？　短い間かもしれないけど、大切だって感じなかった？　全部が嘘だなんて言わせない！　だってきみは、わたしたちを怖がらない。そういう人だった！〟

ミナトはナイフの柄を強く握りしめる。

ミナトも気づかないふりをしていた感情を、認めざるをえなかった。

「ララ、俺はお前たちといられて楽しかった」

言ってしまえば止められない。濁流のように感情が溢《あふ》れてきた。

「楽しくないわけないだろ！　エリカさんとララが騒がしくするから、毎日今日は何をするのかと考えてしまう！　騒ぐ二人といられるのが心地良かった！　こんな普通の人間みたいな感情を知りたくなんかなかった！　だって俺にとってララとエリカさんは……」

これ以上言ってはいけない。

この感情は吐き出せば暗殺者ではいられなくなる。

ミナトが反抗したところでセクター9にも世界にも敵《かな》わない。

ただ弄《もてあそ》ばれるように死ぬだけだ。それは自由とは言わない。

〝自由？　誰かに選択肢を迫られるのが俺の自由なのか？　笑わせる、なにが自由だ〟

ララを殺して生きるか、ララを殺さず一緒に死ぬか――。

二者択一。

でも違う。本当の自由は違う。

ミナトがいま求めている、本当に欲しい自由は違うものだ。

ミナトはナイフを振り上げて、床に叩きつける。黒い刃がコンクリートを穿ちながら、刃こぼれして折れた。せいせいする。

そうだ、ミナトが求める自由は、誰かに自分の人生を委《ゆだ》ねることでも、抵抗もできずにこのナイフのように折れることでもない。

〝きっと俺が求める自由は――〟

ミナトはララの肩を掴む。

「ララ」

「なあに？」

「お前は必ず師匠にまた会える。だけどそれはいまじゃないんだ。だからララが師匠とまた会える日がくるまで、俺がララの側《そば》にいる。寂しくないようにずっと側にいて守り抜いてやる。なんでだか、わかるか？」

「ううん……」

ララが真っ赤《か》な目を潤ませながら首を横に振る。

言ってしまえばすべてが終わる。暗殺者としての矜持《きょうじ》も、これまでのキャリアもすべて。

だけど言わなければならなかった。

「俺がお前の兄ちゃんだからだ！　妹を守る理由なんてそれで十分だ！」

ララがまたごしごしと目を拭った。

「ララ、迷惑かけたのに、まだいもーとでいていいの？」

「お前を迷惑だなんて思ったことないよ」

おいで、とは言わなかったが、そうするのが当然だと思って、ミナトは少し腕を開いた。

ララは自然と導かれるようにミナトの胸にしがみついてきた。

いつかしなかったハグだ。

いたわるように、自分にとって大切な存在だと伝えるように優しく抱きしめる。伝わっているかはわからないが、伝わってほしいとミナトは願っている。

西の空に沈むだけの冷たい夕日から、暖かさを感じた。でもこの熱はきっとララがもたらしてくれているものだとミナトは思った。

「えへへ！」

とララが笑いながら、ミナトの肩に顔を押し付けてくる。くすぐったい。あーあー、と呆れた声が出そうになる。

「お前、俺のスーツで鼻水拭いてるだろ」

ずずっとララが鼻をすすって返事をした。

まあ良いさ。これくらい。前向きに考えた。いまはララといる時間を楽しんでいくしかない。

ふいに上空から轟音が聞こえた。警戒したが――。

「ララ！　ミナトくん！」

ララを抱きしめながら空を見ると、箒にまたがったエリカが降りてきた。公園からかなり離れているが、ここはエリカとミナトが捜索を割り当てたブロックのちょうど中間地点にあたる。

エリカは空からずっと捜索していたのだろう。

着地したエリカが息を荒らげ、切羽詰まった様子で近づいてくる。

エリカはミナトたちの手前で立ち止まり、なにを思ったのか、ぶふっ、と吹き出した。

「ララはともかく！　ミナトくんまで泣いてる！　なにがあったの⁉　あはは！」

「……泣いてないだろ」

ミナトは自分の目元に触れた。別に涙なんてついてない。

「だって目が赤いじゃない。やっぱりララが心配だったのよねー、素直じゃないんだから」

「あんたがララを探せって言い出したんだろ」

「ミナトくんがわたしより先にララを見つけられたのは、愛の大きさゆえかな？」

「あのなあ……」

呆れながらララを離して立ち上がる。別れたときはあんなにララを心配していたというのになんだというんだ。

なにか言ってやろうとしたら、エリカが震えているのに気付いた。

エリカはしゃくりあげてから、うつむいて、箒を持たない手で口を覆った。

「大丈夫か、エリカさん？」

「こ、怖かったぁ……。二人ともう会えない気がして……」

「すまない、心配をかけさせてしまって」

見知った人が死ぬかもしれない状況など、普通の女子高生には重いはずだ。公園でも気丈に振る舞っていたがだいぶ無理をさせていた。

本当にエリカには悪いことをしてしまった。

だが、いまのエリカを見れば、この選択肢を選んだことに後悔はなかった。

ララとエリカを守り通す。

ミナトの選んだ選択肢は苦難の連続になるのが目に見えている。

でも確かに選んだ。

自分が新しい選択肢を生み出す自由を選んだのだ。

「家に帰ろう。実は徹夜明けでヘトヘトなんだ」

エリカが滲《にじ》んでいた涙を拭って、ぐすっと鼻を鳴らす。

「……そうね、そうしましょう。わたしも箒で六時間は飛んだから明日は筋肉痛よ」

「空を飛ぶのに、どの筋肉を使うんだ？」

「お、お尻……」

エリカが恥ずかしそうにつぶやいた。

「ララも疲れた！　ミナトさんおんぶして！　おんぶ！」

「自分で歩け、ララ。これからはお前の予知が俺たちの生命線になる。体力をつけてくれ」

そういったもののララは聞き分けてくれず、ミナトのスーツを摑み、「むん！　むん！」と
ミナトの身体を登り始めた。

ミナトが抵抗せずにいるとララは自分の居場所のようにミナトの背中に乗り込んだ。

まったく、とミナトは階段の方へと歩きだす。

「いいなあ。わたしもおんぶしてよ、ミナトくん。おんぶ！」

エリカが言うから少しミナトは考えた。

「……そうだな、ララを左に寄せたらいけるかもしれない」

「い、いやさすがに冗談だから。恥ずかしいでしょうが、人前でおんぶされるなんて！」

「ララ、恥ずかしくないよ！」

「そりゃあララはね！　高校生になると恥じらいが出るのよ！」

「パンツ丸出しで箒に乗ったりするのにか？」

「あれはね！　トラブルだから！　いつまでも言うんじゃないの！　あー、もう！　さっさと帰るわよ！」

配慮がなかったようだが、エリカが望むなら、ララと一緒に背負ってもよかった。

未来のことなんてララ以外にはわからないだろう。

でもララの未来も、エリカの願いも、一緒に背負いたいと思うくらいミナトの気分は良かった。今日はようやく自由になれた気がした。

カイン・ホーキンス

▶年齢　45歳
▶身長　191センチ
▶所属　国家公安局特別警備部

ミナトの師匠でエリカの父でララの養父。幼いミナトを引き取り、一流の暗殺者に育て上げた。

“セクター9”の伝説級エース。趣味のガラクタ集めでセーフハウスを混沌とさせるほどズボラで女癖も悪くあらゆる面でフリーダムだが、実力はたしか。下手に実力があるだけにタチが悪いとも言える。

お菓子といちごミルクが好きな甘党。酒は一滴も飲めない。

エピローグ

epilogue

あの日。ビルから降りたミナトたちは、襲撃にも遭わず歩いてセーフハウスに戻れた。

室長は本当に撤収していたようだが、室長の目論見《もくろみ》はわからない。ララを殺さなかったことが室長にバレているのは明らかだ。それでもミナトが警戒しているその日のうちに仕掛けてこないだろうというのはわかっていた。

長い戦いになる予感がした。

国外に脱出なども考えたが、いままで頼りにしていた監視ＡＩのせいで不可能だ。

身につけた技術以外はすべてセクター9のものを利用していたミナトにとって、打てる手は少ない。

いまは頼りない伝手《つて》を辿《たど》って運び屋に連絡をとろうとしている最中だ。それも待たされたまま一週間が過ぎた。

ミナトはその間、ララを不安にしないよう普通を装って過ごしていた。

最後に室長と会って十日目の晩。

料理と言うには一歩足りない手作りの夕食を済ませたあと、ミナトはキッチンの床をモップで拭いていた。

エリカはダイニングで紙パックのカフェラテをすすりながらのんびりしている。当番になっていた皿の片付けを一足先に終えたのはわかっているが、今日キッチンの床を汚したのは主にエリカだ。理不尽さを感じる。さっさと終わらせてしまおう。

ふと十九時のアニメを見ていたはずのララがエリカに近づいていくのが見えた。

「あの、あのね、エリカちゃん……」

「どうしたの？」

「嫌だったら嫌って言ってね」

ララは指をいじりながらもじもじとしていた。

「うん」


「お、お姉ちゃん……」


「ふごぉ！」

「おい、カフェラテを噴くな！　折角、床を拭き終わったあとだというのに！」

「だ、だ、だっていまララがお姉ちゃんて！　お姉ちゃんて呼んだのよ!?」

「まったく。姉なんだからそう呼ばれることもあるだろ」

「なんて冷静な意見！　でもミナトくんは一回もそんなふうに呼ばれてないから澄ました顔で言えるのよ！　この衝撃！　生まれて初だわ！」

「俺《おれ》はどんなときだって取り乱したりはしない。爆弾が爆発《ばくはつ》しようとも、弾丸の雨が降ろうとも、瞬《まばた》きせずに走り抜けることだってできる」

「ミナトさん」とララが呼んできた。

「なんだ？」


「お、お兄ちゃん……」


「今日はちょっと喉《のど》が渇くな、ちょうどいい、これでも飲むか……」

ごくりごくりと手近にあったボトルを口に当てて黄色い液体を流し込む。

「それオリーブオイルだよ！」

「取り乱しすぎよ、ミナトくん！」

「バカを言え、兄になったんだからこれからはそう呼ばれるんだぞ。いちいち大げさな反応をしてられるか」

「行動は真逆だけど言ってることは確かだわ！　でもこれからずっとそう呼ばれるのね……」

エリカが言いながらララに視線を戻す。

「ふふっ、ララ、もう一回、お姉ちゃんをお姉ちゃんて呼んでみて」

なぜかララは無表情で、警戒したように立ち尽くしていた。

「ララ？」

「……エリカちゃん、ミナトさん」

「ええ⁉　なんでぇ⁉　なんで呼び方、戻っちゃったの⁉」

「なんかいっぱい騒ぐから恥ずかしくてやだ！　もうやらない！」

ぷいっとララが顔をそむけた。

○

それからもミナトたちには普通の日常が訪れていた。

朝はエリカを学校に見送り、午前中はララとぼーっとアニメを見る。午後から外に出て遊び、エリカと合流。スーパーマーケットで買い物をし、夕食を済ませて寝る。

エリカからはニートだと茶化されているが、ただそれだけの日々だ。

こういう日々を目指して、新たな選択肢を選んだはずなのだが、素直に受け入れるには不穏なものを感じずにはいられない。

なぜかセクター9はミナトを粛清しに来ない。

ミナトは明らかな背任行動を犯した。いつ粛清されてもおかしくはないのだ。

襲撃を望んでいるわけではないが、平穏がすぎる。

まるで真綿で首を締められているような気分だった。

意味がわからないのが、セクター9によって利用ができる各種のアプリが先日アップデートを受けた。つまりセクター9へのミナトが持つアクセス権はまだ取り上げられていないのだ。

いくら考えても室長の意図はわからないが、自分から連絡するつもりにもなれない。

そうして室長と最後に会ってから二週間が過ぎたときだった。

その日はエリカのベッドがようやく海外から届き、なにか仕掛けられていないかチェックをしたせいでエリカに怪しまれたりした。

誤解を解いて夜に寝る支度《したく》をしていたらスマートフォンが鳴った。

セクター9の、あのサポートの男からだった。

出るに出られず無視していても、何度もコールしてくる。

なにか情報が手に入るかもしれない。

根負けして、通話アイコンをタップしてスマートフォンを耳に当てる。

『何やってんだバカ！　早く電話に出ろよ！　大変なことになってるんだぞ！』

男の剣幕が見えるようだ。なぜかスピーカーの奥から怒声や、警報の音がする。

「俺の処分が決まったのか？」

『処分？　なんだそりゃあ、そんなの知らねえぞ！』

「じゃあなんだ？」

『いまセクター9本部が襲撃にあったんだ！　室長は無事だが、本部で待機していた実行部隊がほぼやられちまった！』

　これには虚《きょ》を突かれた。

「ばかな、公安を襲撃だと!?　誰《だれ》がやった？」

『魔女だ！　銀髪のすげー美人なの！　いや美人なのはどうでもいいんだわ！　それよりそいつ資料室にアクセスして、カインさんのセーフハウスを調べたログがある！　早くそこから逃げろ！　すぐにやってくるぞ！』

「ッ――！」

『伝えたからな！　じゃあな！』

　通話が途切れた。

　ミナトの眉間《みけん》に皺が寄る。

　ミナトたちをセーフハウスから出す罠《わな》かと考えたが、そうだとしたら露骨すぎる。話が事実ならセーフハウスを早く出ないとまずい。どうするか考えていたときだった。

「たいへんだ！　たいへんだ！」

洗面所で歯磨きをしていたはずのララが慌てた様子でやって来た。

魔女が動いた。目的はやはり救世主ララだろうか。

ミナトは魔女連――つまり国際魔女連盟がどれほどの戦力を持ち合わせているかは把握していない。だが室長がおいそれと手を出せないほどの相手なのは確かだった。

しかしララの予知はララを守る上でも役に立つはずだ。

「ララ、大変っていうのはこれから起こる良くない予知か⁉」

「えー⁉　……ミナトさんにとって良くないの？」

「なぜそこで首をかしげる⁉　未来が見えるのはララだけの特別な力だって教えたろ！」

「えへへ！」

「褒めたわけじゃない！　照れている場合じゃないんだぞ！」

「……あ！　来たよ！」

ララがベランダを指差す。

その瞬間、掃出し窓から紫の閃光が突き抜けて、轟音。同時にどういう方法で破壊したかもわからないガラスの破片が部屋中に散乱し、キラキラと照明の光を跳ね返してきた。

一秒遅れて、横乗りで箒に乗った女が、ゆっくりと窓から侵入してきた。

桃色がかった豊かな銀髪の上に、先端の折れ曲がった大きな三角帽。一見ドレスにも見える優雅なスーツにコートを羽織っていた。

確かにサポートの男が言うように整った顔をしている。切れ長の目に、形のよい鼻筋。歳《とし》は判別ができない。二十代でも納得できるし、四十代と言われても不思議に思わない。

だが、どこかで見た顔だと思った、どこで見たのか思い出せなくて気持ち悪い。

ミナトは銃を抜き、構える。

「動くな！　動けば撃つ！」

現れた魔女は瞬きすらしないが、眉《まゆ》をぴくりと動かした。

「カインの弟子ですか。私に銃を向けるなど分をわきまえずに面白《おもしろ》い」

魔女はそう言うと箒に這わせていた左手を離し、杖《つえ》をミナトに向けた。

「なっ⁉」

それだけでミナトの拳銃を包むように結晶が現れた。ダイヤモンドの塊みたいだ。銃口を塞《ふさ》がれている。このまま撃てば銃が故障する。

銃を捨てて応戦しようとするが、魔女に杖を突きつけられる。こいつはエリカとは違うと直感する。戦闘訓練を受けた魔女だ。慣れた様子で殺気を向けてくる。

「こんばんは！　ララはララです！」

観察していたら反応が遅れた。ララが前に出たのだ。止めようとしたが間に合わなかった。

「……こんばんは、お嬢さん」

お辞儀をするララに魔女は丁寧に応えた。虚を突かれた気分だった。魔女がなんのつもりなのかわからない。判断がつかないまま、さらにそこへ足音が近づいてきた。エリカだ。

「なになになに⁉　おっきい音したけど⁉」

現れたエリカは魔女と目が合い、持っていた歯ブラシを落とした。

ララが振り返り、にこやかにミナトに声をかけてくる。


「ミナトさん！　この人、エリカちゃんのおかーさんだよ！」

「うへぇ⁉　お母様⁉」


「エリカさんのお母さんだと……」

「久しぶりですね、エリカ。私は怒っています。勝手に屋敷を飛び出すなど」

エリカの母からは冷たいプレッシャーを感じた。

驚愕するミナト。震え上がっているエリカ。楽しそうなララ。

良くない。少なくともこれは俺にとって良くないぞ。とミナトはララに言いたかった。

戦う？　それとも挨拶《あいさつ》？　――いったいどうすればいいんだ。

孤高の暗殺者だけど、標的《ターゲット》の姉妹と暮らしています

Kokou no ansatsusya dakedo,
Target no shimai to
kurashiteimasu

あとがき

初めましての方も、お久しぶりの方もこんにちは！

「きみは原稿をやれ！　モン○ンは俺に任せろッ〜!!」

と編集氏に鼓舞されて執筆したこの作品。ようやく世に出せて感無量の有澤有《ありさわゆう》です。

もともと「殺戮《さつりく》マシンと運命の子の義兄妹」というサムシングを受信して、ラノベの形にできないかと試行錯誤していた結果。担当編集ミウラー氏に相談して「ホームコメディに落とし込めば？」という結論を得て、産声《うぶごえ》を上げたのが本作です。

プロットもささっと完成し、企画会議も早々に通り「さあ書くぞ！」とワクワク状態！

……ところがここで落とし穴。いざ執筆がスタートすると、すごい悩んでしまったのです。

たくさんボツをもらい、自分でもボツにし、いつの間にか季節が一巡してしまいました。

執筆に時間がかかるといろいろなイベントが起こります。

今回は担当編集ミウラー氏が偉い人になってしまい担当チェンジが発動したのです。

ミウラー氏は僕をデビューさせてくれた恩人だったので、半泣きで報告を聞きました。

そうして「えーすごい！　でも作品どうしよう？」と途方にくれていた僕でしたが、そんな状況で手を差し出してくれたのがＧＡ文庫の名物編集ぬる氏だったのです。

この編集ぬる氏、話が面白い上に熱い人でした。ぬる氏は初めての打ち合わせで、「納得してないなら、もう一度書き直しましょう！」(要約)

とスケジュールが明らかにピンチな状況でも書き直すチャンスをくれたのです。

本当にギリギリの状況まで原稿に向き合いました。そしてぬる氏はこうも言いました。

「えー、エルデン◯ングまだクリアしてないの？　そんな人いるんだー」

この悔しさが最後の起爆剤になり、ようやく納得いく形で作品を完成させられたのです。

さて本作でなにを一番悩んでいたかというとキャラクターの不完全さだったと思います。

ホームコメディならミナトたち三兄妹という集まりが不完全じゃないとつまらないわけです。欠けのない人間の日常生活などドラマにならない（はず）。結局三兄妹に何が欠けているのか、

――単純に父親なのか、それとも違うなにかなのかは作者として言わないでおきます。

彼らに救いはあるのか、エリカはインフルエンサーになれるのか、二巻を見守ってください。

そう二巻出る予定です！　魔女編！　エリカ大活躍予定⁉　よろしくお願いします！

最後に謝辞です。こちらの都合に合わせて頂いた上に可愛い姉妹のイラストを描き下ろしてくれた、むにんしき先生。デビューのときから助けてくれた編集ミウラー氏。本作を引き継いでくれた編集ぬる氏。発売に際し関わってくれた多くの方たち。

そしてなにより本書を手に取ってくれた読者様。本当にありがとうございました！

有澤　有

ファンレター、作品の
ご感想をお待ちしています

〈あて先〉

〒106－0032
東京都港区六本木2－4－5
SBクリエイティブ（株）
GA文庫編集部 気付

「有澤 有先生」係
「むにんしき先生」係

本書に関するご意見・ご感想は
右のQRコードよりお寄せください。

※アクセスの際や登録時に発生する通信費等はご負担ください。

https://ga.sbcr.jp/

孤高の暗殺者だけど、標的《ターゲット》の姉妹と暮らしています

発 行　2023年2月28日　初版第一刷発行

著 者　有澤 有
発行人　小川 淳

発行所　SBクリエイティブ株式会社
〒106−0032
東京都港区六本木2−4−5
電話　03−5549−1201
03−5549−1167（編集）

装 丁　AFTERGLOW

印刷・製本　中央精版印刷株式会社

ISBN978-4-8156-1184-2
Printed in Japan　GA 文庫

第16回 GA文庫大賞
GA文庫では10代～20代のライトノベル読者に向けた
魅力溢れるエンターテインメント作品を募集します！
物語が、華ひらく。
イラスト／風花風花
大賞賞金300万円+コミカライズ確約！
◆ 募集内容 ◆
広義のエンターテインメント小説（ファンタジー、ラブコメ、学園など）で、日本語で書かれた未発表のオリジナル作品を募集します。希望者全員に評価シートを送付します。
※入賞作は当社にて刊行いたします　詳しくは募集要項をご確認下さい
リニューアルで選考課程を一新!!!
応募の詳細はGA文庫公式ホームページにて
https://ga.sbcr.jp/